OBLIVIUM – LE PIETRE

CW00385916

Volume I

di Jacopo Vagini

PROLOGO

La leggenda narra di una guerra che si perde nella notte dei tempi, la guerra più atroce che abbia mai insanguinato le terre di Oblivium, una guerra che minacciò di mettere la parola fine al nostro mondo, o almeno a come lo conosciamo.

Nell'epica lotta tra il regno di Luxis e il regno di Ignis, un potente sciamano, Zev, si servì della sua magia per richiamare in vita Baster, un demone le cui capacità andavano oltre l'immaginabile e di cui si sarebbe servito per raggiungere i suoi ambiziosi piani di conquista e dominio sul mondo intero.

Inizialmente tutto andò secondo i piani dello sciamano e la guerra volse subito a favore del regno di Ignis; ma la potenza e la furia di Baster presero presto il sopravvento e il suo controllo sfuggì persino a colui che lo aveva evocato, il quale, nell'invano tentativo di rimediare al suo errore, fu divorato dal demone. Questi, in soli tre mesi, aveva già sterminato quasi i due terzi dell'intera popolazione, generando morte e disperazione ovunque passasse.

A fronte di una situazione così tremenda, persino la guerra tra i due regni passò in secondo piano; fu così che gli otto regni decisero di mettere da parte le proprie ambizioni e i propri desideri di conquista e di allearsi temporaneamente per riuscire a fermare lo sterminio di Baster.

Iniziò così il più lungo consiglio dei maghi che si narra si sia mai svolto sulle terre di Oblivium. Al termine, questi riuscirono a trovare il modo per sigillare lo spirito del demone malvagio usando otto pietre, le quali simboleggiavano gli otto elementi della natura, Terra, Aria, Fuoco, Acqua, Sabbia, Tuono, Luce e Oscurità. *Ad ognuna corrispondeva un regno di Oblivium.* Non solo le pietre avrebbero funzionato come sigillo per imprigionare lo spirito maligno, ma nel corso di almeno cinquemila anni ciascuna di esse avrebbe gradualmente assorbito l'energia di Baster. Questo processo avrebbe portato alla sua scomparsa completa da Oblivium. Una volta concluso questo destino, l'ingente quantità di energia accumulata dalle gemme avrebbe innescato una potente esplosione, separandole inevitabilmente e facendole ritornare ciascuna nella propria terra d'origine.

Il compito, naturalmente, si rivelò estremamente impegnativo e richiese l'impiego dei generali più abili per portare a termine l'ardua operazione. Numerosi di loro sacrificarono le proprie vite in nome della missione, ma nonostante le difficoltà, il compito fu portato a compimento con successo. Lo spirito di Baster fu finalmente confinato in un sarcofago, il quale venne ermeticamente sigillato grazie agli otto amuleti rappresentanti i vari regni e gli elementi della natura.

Non sappiamo adesso se questi siano ancora sepolti nelle otto terre di Oblivium e nemmeno se siano mai realmente esistiti, ma si dice che ogni singola pietra sia in grado di dare un incommensurabile potere al suo detentore.

La storia divenne mito e il mito divenne leggenda, ma nessuno è mai riuscito a trovare alcuna traccia né del sarcofago, né delle otto «pietre del sigillo». Anche la leggenda finì col tempo per essere dimenticata, sepolta dalle sabbie del tempo man mano che le albe rincorrevano i tramonti e che i freddi inverni si alternavano alle torride estati.

Quanto questa leggenda sia veritiera, se Baster sia o meno mai esistito, se le capacità di uno sciamano possano arrivare a tanto e se realmente le otto pietre siano nascoste chissà dove nelle terre di Oblivium, è lasciato all'immaginario dei suoi abitanti: ma di certo sappiamo una cosa: circa cinquecento anni fa, in una notte di mezza estate, un terribile frastuono fece increspare i mari e tremare la terra: fu allora che apparvero nel cielo stellato otto saette non meglio identificate.

Era una giornata piovosa nel regno di Eris e Astral, una giovane maga che ormai da anni viveva sola con la madre, volse uno sguardo malinconico al di là dei monti che separavano la sua terra dal regno di Tonitrus.

Era un tempo in cui la vita si svelava come un arduo cammino nelle terre di Oblivium. Da epoche antiche, o perlomeno da quelle che resistevano nella memoria collettiva, il territorio si dispiegava in otto regni, ognuno dei quali custodiva gelosamente le proprie peculiarità originarie. Nessun sovrano ambizioso era mai riuscito a piegare queste terre sotto il proprio dominio, nonostante i ripetuti tentativi avventurati nella trama della storia.

Non era difficile immaginare che, con otto fazioni in lotta per il territorio e le continue tensioni tra i popoli delle varie terre, ci sarebbero state molte occasioni per scatenare conflitti e guerre; ma fu proprio questa forse la pietra angolare alla base dell'attuale sistema. Risale infatti a un consiglio svoltosi più di quattromila anni prima, al quale parteciparono gli otto sovrani insieme alle autorità più rappresentative di ogni regione, l'instaurazione dell'*Implicita Alleanza*: un patto per cui se un regno ne avesse attaccato un altro, qualsiasi ne fosse stato il motivo, subito le altre fazioni sarebbero entrate in guerra contro gli invasori, affinché si mettesse fine al più presto alla guerra e la situazione tornasse come prima. Per quel che riguarda poi la sorte del re *traditore*, egli sarebbe stato condannato alla pena capitale, insieme agli altri cospiratori, con pubblica esecuzione; successivamente sarebbe stato istituito il nuovo sovrano. Sebbene molto rude e arcano, il sistema sopravvisse nel corso dei secoli e si rivelò estremamente efficace, tanto che le guerre divennero col tempo sempre più sporadiche e i periodi di pace, un tempo considerati l'eccezione, divennero sempre più la regola.

Ma quei tempi erano un ricordo inaccessibile per Astral; era ancora troppo piccola per conservarne memoria, un bagliore lontano nelle cronache degli anziani, quando il regno di Atis aveva dichiarato guerra a quello di Sabulis. Inizialmente sembrava un normale conflitto, la solita sete di potere che spinge il sovrano a tentare di impadronirsi di altre terre per i propri piani megalomani e per le proprie ambizioni di conquista.

Si credeva fosse uno dei tanti, che in massimo tre anni tutto sarebbe tornato al proprio posto e la pace sarebbe di nuovo sbocciata su ogni regno, come un fiore dopo la tempesta. Ma ci si accorse presto che non era così. Le terre di Oblivium, una volta teatro pace, furono testimoni di scontri furibondi e lotte cruente mentre Atis e Sabulis si contendevano il dominio. Le pianure risuonavano del clangore delle spade, e il cielo si tingeva dei colori delle bandiere delle due fazioni in conflitto. I villaggi erano intrisi di un'atmosfera carica di paura, la popolazione iniziò a vivere nell'ombra dell'incertezza.

Ma ciò che aumentò l'angoscia generale fu la mancanza di chiarezza su chi avesse effettivamente scatenato il conflitto: il re di Atis era stato barbaramente trucidato e ancora non era chiaro chi o cosa ci fosse realmente dietro quel progetto di conquista; ma la cosa che più sorprendeva, che più si temeva, che più si insinuava nelle paure di ogni singolo abitante di Oblivium, era che, a prescindere di chi vi fosse dietro, l'avanzata del regno di Atis sembrava incontrastabile, un'ombra che cresce in modo inarrestabile, oscurando gradualmente il panorama luminoso delle speranze e del futuro.

Non era mai successo che un regno potesse tener testa da solo ad altri sette eserciti; non solo, ma più passava il tempo e più sembravano assottigliarsi le speranze di riuscire a mettere la parola fine a quella follia.

Sembrava che disponessero di risorse infinite, che avessero degli infiltrati in ogni singolo angolo di Oblivium; ma oltre l'imponente esercito di Atis, da sempre considerato il più numeroso nonché il più temibile, oltre quell'organizzazione così perfetta e capillare, la cosa che più di tutte faceva tremare il cuore di ogni singolo abitante, era la presenza, a capo di ciascuna legione, di creature mostruose che da sole potevano annientare un'infinità di guerrieri e che, unite al loro esercito, rendevano ogni battaglia una mera formalità.

Ed era proprio questa facilità con cui le legioni di Atis riuscivano passo dopo passo ad avanzare nel territorio nemico che alimentava il terrore nei regni ancora rimasti liberi; e che annientava le speranze di libertà dei regni ormai sottomessi e ridotti in schiavitù.

Astral si avvolse nella sua consueta tunica nera, intessuta con cura e ornata da ricami intricati. Dopo un affettuoso saluto alla madre, si avviò verso est, salendo sulla groppa di Mapet, il suo possente cavallo bianco dalla criniera fluentemente argentea. Il respiro dell'aurora colorava il cielo di tonalità calde, mentre il vento carezzava leggero i campi verdi che si stendevano lungo il suo cammino.

La destinazione era Albatron, una città situata nel regno di Luxis dove aveva sede il palazzo reale e dove nei periodi di guerra - i soli di cui Astral serbava memoria nei suoi venticinque anni di vita - si svolgeva il «Consiglio Supremo», ovvero un concilio che riuniva tutti i maggiori esponenti delle terre di Oblivium impegnati nello scontro contro il regno invasore.

In sella a Mapet, sfrecciava veloce come il vento tra le verdi e sterminate praterie del suo regno. I suoi pensieri galoppavano con lui, in armonia con il ritmo del suo cavallo bianco. I lunghi capelli biondi lasciavano una magnifica scia dorata dietro di lei mentre i suoi occhi, azzurri come il mare e splendenti come il Sole, guardavano decisi davanti al suo cammino.

Era solo quando cavalcava in groppa a Mapet che Astral riusciva finalmente a dimenticarsi tutti i problemi che affliggevano lei ed Oblivium; era solo lì che si sentiva veramente libera, che poteva immaginare una vita che il destino non le aveva voluto regalare.

Figlia di una maga e di un alchimista, era stata addestrata alla magia fin da bambina ed a soli undici anni era stata riconosciuta ufficialmente dal Consiglio dei maghi come membro dell'Ordine di Eris, la prestigiosa compagnia di cui facevano parte tutti i migliori maghi del suo regno. La sua carriera all'interno poi era stata un susseguirsi di avanzamenti a incarichi e gradi sempre più elevati fino a quando, sei anni or sono, era stata ammessa addirittura a partecipare al Consiglio Supremo, affiancando le autorità più eminenti e influenti di Oblivium.

Da allora il suo ruolo era stato prevalentemente politico, ma quando il Consiglio deliberava e si scioglieva non si risparmiava di andare a dare una mano al fronte. Non che fosse un'abile guerriera, ma le sue capacità magiche applicate in campo curativo si rivelavano sempre molto efficaci e contribuivano a salvare molti combattenti feriti gravemente in battaglia.

Dopo la sua ultima missione, quasi al confine col regno di Tonitrus, aveva deciso di passare a far visita a sua madre. La vedeva sempre più raramente e le sembrava quasi di averla abbandonata al suo destino sola com'era, e col peso degli anni che si faceva sempre più opprimente.

Suo padre era stato ucciso più di dieci anni or sono da un mercenario senza volto, il quale, coperto sotto un lugubre cappuccio nero, le diede come la sensazione che la stesse guardando prima di sparire nella foresta... mentre suo padre, il suo adorato padre, colui che prima della magia le aveva insegnato quanto bella era la vita, le stava morendo tra le braccia, lo vide allontanarsi rapidamente. L'unica cosa che era riuscita a distinguere di quell'essere immondo era stato un tatuaggio con uno strano simbolo che aveva sul braccio; un simbolo che le sarebbe rimasto impresso nella mente, per sempre.

Un giorno si sarebbe vendicata, avrebbe riscattato la morte di suo padre, ma non ora; al momento c'erano problemi più importanti da affrontare e la memoria di suo padre avrebbe dovuto ancora attendere a lungo.

Elphidia, la madre di Astral, ora conduceva una vita solitaria. La dimora, posizionata a poco più di cinque leghe dall'oceano, che, stante la sua latitudine, fungeva da confine naturale tra il suo regno e quello di Uris, dopo la scomparsa di suo marito Landen, sembrava aver acquisito una dimensione imponente, come se diventata dieci volte più grande. Aveva preso in considerazione l'ipotesi di trasferirsi in una casa più piccola. Ma in fondo era il suo unico ricordo e il dispiacere di lasciarla era stato più forte del desiderio di trascorrere il resto dei suoi anni in una dimora più adatta alla sua situazione.

Astral avrebbe voluto starle più vicino, ma i suoi compiti erano troppo importanti per poter essere trascurati, così si limitava a qualche visita sporadica.

Ma l'ultima si era rivelata fin troppo dolorosa per la giovane maga. Sua madre era costretta a letto da una terribile malattia, e benché fosse lei stessa un'ottima maga sembrava veramente molto sofferente. In quei due giorni che si era potuta trattenere Astral le era stata molto vicino e aveva fatto il possibile per non farla affaticare; ma l'ora della sua partenza era presto giunta ed ella si sentiva tremendamente in colpa di lasciarla lì, di nuovo sola, abbandonata al suo destino. «Sono stata una maga molto tempo prima di te figlia mia. So che devi andare, quello che ti attende è un compito più importante della nostra stessa vita e tu non puoi tirarti indietro. Non temere per me, riuscirò a cavarmela anche questa volta».

Gli occhi azzurri e stanchi di Elphidia, orlati dai segni che il tempo aveva inciso con delicatezza sul suo volto, l'avevano guardata con un'espressione dolce ma allo stesso tempo quasi rassegnata, come se quell'ultima frase fosse stata solo una mesta bugia. Astral non era riuscita a dire niente, semplicemente, con una lacrima che le solcava la candida pelle liscia come la seta, era riuscita ad annuire con la testa e ad abbracciarla affettuosamente.

Dopo pochi *respiri di drago* stava già solcando le lunghe e sterminate praterie di Eris in groppa al suo bianco destriero.

L'inverno era ormai inesorabilmente arrivato e il bel manto verde che ricopriva le terre di Luxis era celato da un sottile strato di coltre bianca. Dal cielo plumbeo cadevano sporadici fiocchi di neve che si posavano sul mantello nero di Lysander, legato davanti al collo da una splendida gemma bianca, il ricordo di una madre e di una famiglia che ormai non c'erano più da anni. Fra le sue mani stringeva le orecchie di un cerbiatto che trascinava dietro di sé, lasciando una lunga scia sul manto nevoso a tratti sporcato dal sangue vermiglio che fuoriusciva dal costato della bestiola.

Tornò a casa, se così si poteva chiamare un giaciglio di paglia riposto in una squallida caverna, dove accese un labile fuoco per cuocere parte della preda.

Casa: già... un tempo anche lui ne possedeva una vera e propria. Fu lo scoppio della guerra a renderlo orfano e senza patria, costretto a viaggiare per Oblivium senza una dimora né una meta. Non avrebbe mai scordato lo scempio di quella notte, la follia che lo aveva fatto diventare la bestia che ormai era.

Aveva solo dieci anni e viveva ad Akyrt, una città situata a nord-ovest nel regno di Sabulis. Sua madre era la sorella di Hàlonius, re delle terre di Sabulis, mentre il padre era uno dei cavalieri più valorosi del suo regno. E poi c'era Thevorn, il piccolo fratello di appena tre anni a cui era profondamente legato e che non avrebbe mai avuto la fortuna di vederlo crescere, diventare uomo. Essendo di stirpe reale la vita della sua famiglia era agiata e piena di privilegi. Il piccolo Lysander aspettava sempre con ansia la sera, quando Daven, il padre, tornava a casa.

«Dai Lysander non insistere... per oggi ne ho già avuto abbastanza di spade e combattimenti» replicava il padre sconsolato alle richieste del figlio di allenarlo a usare la spada. Ma lui insisteva fino a quando il padre non avrebbe ceduto: «Dai papà, dai, dai! Voglio diventare anch'io un cavaliere valoroso come te! Anzi un giorno diventerò anche più forte!».

Alla fine, l'aveva sempre vinta, Daven si alzava dalla sedia e prendeva le due spade di legno che aveva fabbricato per il figlio. «In guardia!».

Era stata una notte autunnale a portargli via tutto questo. Era andato a letto da poco quando aveva udito un potentissimo boato proveniente dal castello di suo zio, il re.

Il piccolo Thevorn si era svegliato di soprassalto, iniziando a piangere a dirotto. Lilia, la madre, lo avevo preso subito in braccio per rassicurarlo mentre il padre era già uscito per vedere cosa stesse accadendo. In un soffio di drago il piccolo Lysander si era trovato a fianco del padre. Quello che gli era apparso davanti agli occhi sembrava quasi irreale, tanto era atroce: un esercito composto da almeno duecentomila soldati si era rapidamente insinuato in ogni angolo di Akyrt. Erano armati di spade, lance, archi e frecce, e indossavano armature di ferro e cuoio. I loro volti erano segnati dalla guerra, e gli occhi brillavano di odio. Il loro passo era pesante e ritmico, e il rumore delle armi che sbattevano contro le armature rimbombava nell'aria. Distruggevano e depredavano tutto quello che avessero davanti, uccidevano tutti coloro che osassero mettersi sul loro cammino. Il piccolo Lysander fissava con gli occhi sgranati ciò che aveva davanti a sé. Il castello era in fiamme, e l'aria era piena di fumo e polvere. I soldati combattevano senza pietà, il loro urlo di battaglia era un suono orribile che gli gelava il sangue.

Vide un soldato uccidere un uomo a sangue freddo, e un altro soldato tagliare la testa a una donna incinta. Le grida di dolore delle vittime risuonavano nell'aria, lui sentiva il suo cuore straziato. Era come se il mondo fosse impazzito. La guerra aveva sconvolto tutto, e la sua innocenza era stata strappata via per sempre.

Le grida degli abitanti si facevano sempre più intense e disperate e Lysander non riusciva ancora a capire cosa stesse realmente accadendo. Assisteva a quel brutale spettacolo con gli occhi di chi guarda ma non vede, con le orecchie di chi ascolta ma non sente, con la testa di chi capisce ma non comprende. Il tempo gli pareva essersi dilatato all'infinito, e quei pochi secondi in cui si era incantato a guardare quel triste scenario gli parevano non finire mai.

Era stato il padre a riscattarlo: «Attento!» e con un balzo felino aveva ucciso un soldato che stava per assalirlo. Adesso si era veramente reso conto di ciò che stava avvenendo. «Vai dentro, prendi tua madre e tuo fratello e scappate più lontano che potete!» gli aveva ordinato il padre, mettendogli in mano per la prima volta un'arma vera, la spada che neanche un minuto prima aveva rischiato di mettere fine alla sua breve vita. Aveva ubbidito, era entrato in casa e aveva riferito il da farsi. Poi però, uscito di casa, vedendo il padre in difficoltà non aveva resistito a buttarsi nella mischia per dargli una mano, con l'incoscienza di chi ancora è troppo piccolo per avere paura.

Dentro quella bolgia aveva visto suo padre e gli si era affiancato; questi sbraitava qualcosa di incomprensibile, probabilmente gli stava dicendo di andare via, di correre, scappare, salvarsi la pelle. Ma lui non lo avrebbe abbandonato per nessuna ragione al mondo.

In mezzo a quell'intreccio di spade non sarebbe sopravvissuto neanche un minuto se Daven non si fosse intromesso tra lui e il suo avversario per salvargli la vita. Era stato lì, in quel momento, che suo padre era stato colpito a morte; per la seconda volta in quella serata il tempo gli si era rallentato fino quasi a fermarsi: «FUGGI!» gli urlava il padre con le poche forze rimaste. «FUGGI!»...

Gli ci volle un po' per riscuotersi, ma alla fine trovò la forza per staccare gli occhi dal padre, che stava esalando gli ultimi respiri della sua vita, voltarsi e correre a perdifiato. Proseguì verso nord, nella direzione in cui era fuggita Lilia con in braccio il suo fratellino, ma non dovette fare molta strada per trovarla. Accasciata vicino un enorme albero, era immobile. Il piccolo Lysander si era avvicinato, ma con sgomento aveva constatato che era stata barbaramente sgozzata; di suo fratello, invece, neanche l'ombra.

Per colpa sua la madre era stata massacrata, suo padre era stato ucciso e suo fratello... non osava nemmeno immaginare a quale fine terribile lo aveva condannato. Si sentiva schiacciato dal peso della colpa, dal rimorso che gli lacerava l'anima, dal dolore che gli bruciava il cuore. Aveva ignorato il consiglio di suo padre, aveva seguito il suo istinto e il suo orgoglio.

Si mise di nuovo a correre più veloce che poteva, piangendo come non aveva mai fatto in vita sua. Fino a quel momento era stato talmente scioccato che non era riuscito neanche a versare una lacrima... ma ora che stava correndo, gli passavano davanti le immagini dei suoi genitori morti e la consapevolezza prendeva sempre più posto nella sua mente e nel suo cuore. La corsa e il pianto non erano finiti fino a quando non era caduto a terra, esausto.

Si era accasciato a terra, sporco di sangue e di fango, e si era addormentato, cadendo in un sonno senza sogni.

«Vola, Mapet!». Dai lati dello splendido animale ecco che apparirono per incanto due enormi ali bianche, mentre sulla fronte spuntava un lungo corno dorato. Mapet iniziò a prendere quota, ed Astral vide le terre di Eris rimpicciolirsi sempre di più sotto di lei. Davanti ai suoi occhi, invece, apparse una sconfinata distesa blu, increspata da immense onde che si andavano ad abbattere violentemente sulle coste di Eris.

Astral si sentiva come se danzasse tra i cieli, la gioia del volo scintillava nei suoi occhi mentre il panorama si srotolava sotto di lei. Il fruscio del vento si mescolava al suono delicato delle ali di Mapet, creando una sinfonia eterea che accompagnava il suo volo.

Per poter arrivare nel *Grande Continente*, così chiamato perché comprendeva cinque degli otto regni esistenti di Oblivium, occorreva attraversare un tratto d'oceano che separava il suo regno da quello di Uris. Ma per lei questo non era un problema. Essendo un'esperta maga poteva far trasformare temporaneamente il suo splendido destriero in un altrettanto magnifico unicorno alato. Amava starsene lassù, a solcare i cieli e guardare spensieratamente oltre l'orizzonte; là, dove quella linea blu perfettamente orizzontale divideva il cielo dall'oceano come se il confine tra due mondi fosse inciso con la precisione di una lama affilata.

Oblivium, il te... ...rimo delle fiamme di drago: ognuno...
con...va sessanta res... ...sua volta era scandita da sessanta soffi...
Ormai era... ...sei di queste fiamme ardenti da quando
...eva spiccato il... in lontananza cominciavano ad intravedersi le
...frastagliate di Uris. La dista... percorsa dalla creatura alata si tra...ce...
...i un respiro di drag... ...tre il mondo attorno si muoveva... ...dei
...ardenti, ognuno di... ...lente a un istante incandesc...

Il profumo dell'o... ...sificava man mano che si... ...cinavano
...di Uris, un aro... ...me tingeva l'aria... ...Ma...
...un ge... ...con cui urtò con... ...ma di...io...
...un fia... facendo...li capu... ...era gi...o il
...a... ...tinua...do vi... ...be... tra
...erico...molto
...o... quando nom...
indie...

"At... ...come d'inca... le...
svaniron... ...re a Mapet la forma
origina... ...ava il regno di
Lux... ...lla sua terra
...rillante e
...sfu... sobria e
...chi... ...ogni filo

Alcune fiamme di drago più tardi le praterie di Uris lasciarono spazio alla bellezza quasi irreale di Luxis, una terra il cui splendore faceva sembrare quasi finto tutto ciò che ne faceva parte. Persino il tempo sembrava risparmiare questa terra così bella e pura; la pioggia aveva smesso di cadere e un raggio di sole filtrava tra le nuvole, ferendole gli occhi. Pian piano le nubi si diradarono e la sua candida pelle venne riscaldata piacevolmente da un fascio di luce proveniente dal cielo, un gentile bacio del sole dopo una breve parentesi nuvolosa. Astral si fermò a guardare il paesaggio: erano circondati da immense praterie, solcate da sterminati fiumi azzurri che finivano la loro corsa tuffandosi nel blu dell'oceano. Le cime delle montagne erano ancora verdi e rigogliose, le nuvole fluttuavano nel cielo come piume. L'aria era fresca e limpida, e il profumo dei fiori era intenso e inebriante.

Astral sentì un brivido di eccitazione percorrerle la schiena. Luxis era in grado di regalarle sempre quelle emozioni, come se venisse avvolta da un'aura di magia e di bellezza.

Davanti ai suoi occhi apparse uno splendido arcobaleno; sullo sfondo, il palazzo reale di re Galtran si stagliava maestoso come un gioiello incastonato nella corona celeste di Luxis. In quel momento di perfetta armonia, Astral comprese che ogni fiamma di drago spesa nel viaggio aveva portato con sé non solo il passare del tempo, ma anche la speranza di pace, come se la sua bellezza fosse in grado di illuminare il sentiero verso un futuro di armonia e serenità.

Nel frattempo, a largo dell'isola di Acquaris, su un isolotto pressoché sconosciuto, uno stregone con una lunga barba bianca si trovava ai piedi di un imponente palazzo, situato su un luogo alto e impervio dell'isola e immerso nella natura più selvaggia, lontano dalla popolazione.

La roccaforte era un'imponente costruzione in pietra nera, cinta da alte mura merlate, circondate a loro volta da un sinistro corso d'acqua popolato da strane creature marine con enormi denti affilati. La facciata era imponente e severa, le finestre piccole e sbarrate, le porte di un ferro scintillante. La sommità, ricoperta di tegole nere, rifletteva la luce del sole in modo sinistro.

Il ponte levatoio, che collegava le mura al palazzo, era di legno massiccio e robusto, decorato con misteriosi simboli, che sembravano evocare forze oscure: cominciò lentamente a scendere, coprendo con il suo rumore stridente gli inquietanti rumori che arrivavano da ogni angolo della foresta circostante.

Sopra il palazzo due famelici avvoltoi, disegnando le loro orbite sopra l'enorme castello, osservavano un vecchio con una lunga tunica viola e un bastone di legno in mano percorrere con passo deciso il ponte levatoio e addentrarsi nelle viscere dell'immenso edificio.

mano un magnifico arco; la fucina su cui riponeva le frecce spuntava a malapena dalla sua schiena.

Lo stregone guardò di sottecchi quell'immensa figura: per lui non importava chi o cosa adorassero quelle persone, quello che gli interessava era ben altro. Si avviò velocemente verso la scala e cominciò la sua ascesa verso la torre situata nell'ala ovest del castello, dove sapeva che ad attenderlo ci sarebbe stato il capo in persona della setta.

Percorse gradino dopo gradino, scala dopo scala, quella specie di labirinto che conduceva alla sua meta. Probabilmente qualsiasi altra persona si sarebbe già persa in quell'intreccio di passaggi sotterranei che stava percorrendo con passo deciso, ma lui sapeva fin troppo bene dove andare.

Dopo aver attraversato vari atri e altrettanti cunicoli, il vecchio bussò con il suo bastone a un enorme portone di legno. In mezzo, maestosa e solenne, era incisa l'effige di Kabador.

Astral non era la sola che si stava recando al Consiglio Supremo. Anche altri maghi e generali stavano andando al palazzo reale di Luxis.

Fra questi c'era Yago, un elfo nativo del regno di Acquaris, impegnato attualmente a difendere l'avanzata dell'esercito nemico nelle terre di Ignis.

In groppa al suo cavallo nero il suo volto appariva stanco e provato dall'ultimo scontro.

Il suo braccio destro era stato inciso profondamente da una lancia nemica, e un grosso cerchio vermiglio all'interno della stoffa si stava pian piano allargando, bagnato da una fitta e insistente pioggia che stava caratterizzando quella bigia giornata d'autunno.

Ma il dolore era alleviato dal pensiero dell'esito dell'ultima battaglia combattuta contro l'esercito di Atis.

Lo scontro era stato molto cruento, come al solito. Ad attaccare erano stati i nemici, agendo nel bel mezzo della notte, mentre stavano riposandosi nei loro accampamenti.

Ma attacchi di quel genere non erano certo una novità e il suo esercito era stato rapido a organizzarsi. In mezzo al loro accampamento, che era stato incendiato dagli invasori, lo scontro era iniziato in tutta la sua ferocia.

La sua legione era composta prevalentemente da elfi come lui, per lo più soldati che erano riusciti a sopravvivere all'invasione di Acquaris, il loro regno, molto anni or sono.

Tuttavia, tra le fila vi erano anche numerosi umani nonché un centinaio di gnomi, originari proprio di quelle terre in cui ora stavano combattendo. La maggior parte di essi, in realtà, erano impegnati nelle fazioni capeggiate da Opos, il capo dell'esercito dell'alleanza, sempre nelle terre di Ignis, circa cinquanta miglia a nord-ovest da lì.

Gli uomini erano stati rapidamente schierati in modo da formare una grossa falange. Gli scudi erano tutti adiacenti tra di loro, come a formarne uno unico enorme. Le lunghe lance spuntavano da questi e avanzavano inesorabili verso i nemici.

Gli gnomi, invece, armeggiavano per lo più con delle grosse asce mentre le spade erano affidate nelle abili mani degli elfi. Anche il compito di arcieri sarebbe toccato a loro, ma non vi era stato il tempo per prepararli.

L'esercito avversario non era molto numeroso. Forse si trattava solo di un attacco per indebolire il nemico, in vista di uno più massiccio. Inoltre, non vi era traccia dei poderosi esseri in grado di stabilire una costante superiorità tra le forze nemiche con la loro potenza.

Il sangue che quella sera bagnava il terreno era prevalentemente quello dei nemici e lo scontro stava volgendo al meglio.

Nonostante il vulcano Kuri Kuri, a pochi passi da lì, stava minacciosamente emettendo degli strani rumori, le orecchie appuntite e acute di Yago non riuscivano a udire nient'altro che le urla dei soldati che venivano barbaramente uccisi.

Era sempre così in battaglia, per tutti. Quando sei in mezzo a un'orgia di spade che si abbattono inesorabili su tutto quello che trovano, a urla disperate di chi sa che non rivedrà mai più i propri cari, a sangue che sgorga ferocemente dalle ferite per poi finire tristemente sul terreno, non puoi pensare ad altro. Il tuo cervello si rifiuta di sentire o vedere tutto ciò che non abbia a che fare con la guerra. Il tuo cuore non riesce a provare sentimenti che in altri momenti ti impedirebbero persino di respirare. E per i più deboli, che si lasciano cogliere anche solo per un istante da quei pensieri, la fine è pressoché segnata.

Il vulcano aveva iniziato a emettere alcuni lapilli e la luce che emetteva rischiarava leggermente il buio di quella notte autunnale.

Forse era stata proprio quella tenue luce unita agli inquietanti rumori del Kuri Kuri a far volgere lo sguardo a Yago verso i pendii del vulcano.

Con sorpresa aveva notato che un'altra fazione stava provenendo proprio da quella direzione. Un evento reso ancora più strano dal fatto che il punto da cui provenivano quei commilitoni era situato in territorio non ancora occupato dal nemico. D'altro canto, sapeva per certo che quegli uomini non appartenevano al loro esercito.

Le legioni alleate più vicine, infatti, erano proprio quelle di Opos, e non potevano essere lì in quel momento. Il suo cuore iniziò a pulsare veloce nel petto mentre sforzava la vista per distinguere chi fossero e, soprattutto, quanti fossero quei soldati.

Si era così concesso una distrazione di troppo. Mentre i suoi occhi stavano guardando altrove, uno gnomo delle fila nemiche gli aveva provocato una profonda ferita sul braccio destro, facendogli cadere di mano la spada.

Era stato un suo soldato a salvarlo. Da più di cinquanta piedi aveva osservato la scena ed era riuscito giusto in tempo a scoccare una freccia che aveva trapassato da parte a parte il nemico.

Un altro soldato era subito venuto in suo soccorso.

«Tutto bene generale?» aveva domandato con preoccupazione, mentre riusciva a restare vigile, controllando che nessun altro avesse colpito il suo comandante.

«Sì, è solo graffio» aveva risposto lui con voce affannata mentre riprendeva in mano la sua spada, rialzandosi con un evidente sforzo.

«Piuttosto avvisa gli uomini che da ovest stanno avanzando altri soldati nemici».

«Ma non è possibile generale, in quella direzione...» la voce dell'uomo si era spezzata nell'intravedere che da dietro il Kuri Kuri stavano realmente arrivando rinforzi nemici.

«Dì alla falange che si disponga con le lance puntate verso ovest e raduna quanti più arcieri possibile per attaccarli da lontano. Vai! Presto!».

Era seguita una fase un po' confusa dello scontro. La falange, non più al completo non era poi così efficace mentre il numero degli arcieri radunati era alquanto esiguo.

Tuttavia, dopo più di quattro fiamme di drago, o forse cinque, di scontri feroci, la sua fazione aveva avuto la meglio. Un frutto raro di quei tempi.

All'arrivo dell'aurora, il generale nemico aveva ordinato la ritirata.

Yago si era ritrovato così a solcare il campo di battaglia da vincitore. Centinaia di corpi giacevano a terra privi di vita. Alla tenue luce dell'alba il sangue versato sul campo di battaglia evidenziava la follia di quella notte; anche il vulcano aveva smesso di sbottare e adesso i superstiti ascoltavano un silenzio quasi irreale, rotto soltanto dal suono dai passi del generale.

Si era diretto verso ovest, là dove aveva intravisto i rinforzi dell'esercito nemico sbucare da dietro i pendii del vulcano. Molti uomini giacevano a terra, infilzati da frecce scoccate audacemente dai suoi uomini solo poche fiamme di drago prima.

Si era avvicinato a un corpo inanime. Con un piccolo sforzo, causato dalla ferita al braccio, si era chinato per estrarre dalla guaina la spada del nemico.

Se l'era passata tra le mani, scrutandola attentamente in ogni minimo particolare.

Successivamente aveva chiamato a sé cinque dei suoi migliori uomini.

Davanti a lui adesso si stagliava alto e imponente il palazzo reale. Un lieve sole autunnale aveva preso il posto della pioggia e adesso i suoi raggi irradiavano il paesaggio circostante, facendo brillare di un azzurro intenso il lago davanti al castello.

Yago discese con grazia dal suo nobile destriero, elegante nonostante la fasciatura al braccio. Davanti si suoi occhi verde smeraldo due imponenti guardie gli chiesero una parola d'ordine.

Guardando l'effige di Kabador mentre la porta si schiudeva, Adares tornò con la mente a molti anni indietro, quando tutto era iniziato.

Ai tempi, il potente stregone, si trovava nella sua torre, immerso nei suoi studi. Da tempo, infatti, stava cercando un modo per aumentare il suo potere. Un giorno, mentre stava leggendo un antico grimorio, venne a conoscenza di una setta segreta, i Dorfan, devoti a Kabador. I Dorfan erano in possesso di amuleti magici, chiamati Pietre del Sigillo, che, secondo il grimorio, conferivano grandi poteri a chi li possedeva.

Attraverso una fitta rete di conoscenze, Adares riuscì a contattare i Dorfan e stringere un'alleanza con loro. Sapeva che erano un popolo misterioso e chiuso, ma era determinato a raggiungere il suo obiettivo. Quello di conquistare Oblivium. Aron, il capo dei Dorfan, inizialmente si mostrò restio a quella collaborazione. Ma Adares riuscì ad essere molto persuasivo. Fu così che ottenne la pietra dell'oscurità. Fu così che tutto ebbe inizio.

Adares chiuse il portone di legno, lasciandosi l'effige di Kabador alle spalle. Aron era in piedi davanti alla finestra, osservava il panorama. Lo faceva spesso, gli piaceva la quiete e i paesaggi che quel posto sapevano offrirgli.

Il castello era circondato da giganti sequoie, immerso nel verde. I raggi del sole filtravano tra gli alberi e creavano splendidi giochi di luce. Un piccolo stormo di uccelli stava migrando verso nord, in cerca di una sistemazione per l'inverno. Non un giovane passerotto davanti alla sua finestra che, appollaiato su un ramo, guardava infreddolito al di là della finestra.

«Benarrivato». Aron lo salutò senza voltarsi, né distogliere lo sguardo dal panorama. Indossava una tunica viola scuro, con ricami dorati che formavano un pentacolo crociato al centro della schiena, segno del suo alto rango e della devozione alla sua fede. Aveva un cappuccio che copriva parte del suo viso, lasciando intravedere i suoi occhi verdi; era tenuta in vita da una cintura di pelle con una fibbia d'oro, da cui pendeva una piccola borsa contenente i suoi oggetti sacri.

«Salve Aron». La voce del vecchio stregone sembrava provenire dall'oltretomba.

«Spero tu abbia portato con te la mia ricompensa».

Il vecchio tirò fuori dalla tunica un grosso involucro pieno di monete.

«Quarantamila silos, esattamente come pattuito» disse, porgendo il sacchetto sopra il tavolo con malagrazia.

Aron si girò e rovesciò le monete sul banco per verificarne il contenuto. Le sue efelidi sembrarono danzare sotto il riflesso dei capelli rosso scarlatto.

«Bene, vedo con piacere che ci capiamo».

«E adesso veniamo a noi, non ti ho certo dato quelle monete per niente».

Aron tirò fuori a sua volta dalla tunica un piccolo involucro. Al suo interno due lucenti pietre: una rosso fuoco, l'altra azzurra come il mare. Erano magnifiche, con una luce interna che le rendeva quasi incandescenti. *Così belle, così potenti. Così affascinanti.*

«Vedo che ne è valsa la pena» sibilò con aria soddisfatta, mentre se le passava soddisfatto tra le dita.

«Adesso mancano soltanto due delle leggendarie pietre del sigillo. Quando finalmente avremo anche quelle, nessuno sarà più in grado di ostacolarci».

«Già. Ma ti ricordo il ruolo che noi abbiamo in questa vicenda. Una volta padrone di Oblivium, il quindici per cento delle terre spetterà a noi. E soprattutto, la nostra fede dovrà essere l'unica riconosciuta in ogni regno. E chi non sarà dovoto a Kabador, sarà messo al rogo». Aron indugiò, avvicinandosi pericolosamente al viso di Adares.

«In fondo, non mi sembra di essere così pretenzioso. Senza i miei adepti e le notizie che riusciamo ad avere grazie ai nostri infiltrati, il conflitto non sarebbe stato così semplice. Senza contare che le ultime pietre le avete acquisite grazie a noi».

«E per questo, come vedete, siete già stato sufficientemente ricompensato» replicò Adares, non indietreggiando nemmeno di pollice.

«Per oggi direi che non abbiamo più nulla da dirci. Adesso, devo sbrigare alcune mansioni che non vi competono. Vogliate scusarmi» lo sfidò Aron, mantenendo uno sguardo ardente fissato sui suoi occhi, anche se lo stregone lo sovrastava di almeno un palmo. Si voltò, facendo danzare il mantello nell'aria e buttando lo sguardo verso il panorama. Mentre sentiva la porta sbattere alle sue spalle, il passerotto, come intimidito dal suo sguardo, si librò in volo, fino a scomparire fra le fronde degli alberi.

«*Povero illuso, la mia ricompensa andrà ben oltre il quindici per cento di queste inutili terre. E non importa la loro devozione, tutte le razze impure saranno messe al rogo senza processo. Adesso che anche il leggendario leviatano e la sacra fenice di Kabador stanno per essere riportati in auge, la profezia sta finalmente per compiersi. E nessuno allora potrà opporsi al suo volere. Nessuno*».

L'imbrunire stava calando sul castello di Luxis quando Astral giunse in groppa al suo destriero.

Situato sul colle di Albatron, un promontorio a nord-est del regno non molto distante dal confine con le terre di Uris, da sempre era considerato il palazzo reale più imponente e più sicuro di Oblivium; le sue alte mura avevano custodito per secoli i segreti e le strategie nate in seno al Consiglio Supremo.

La costruzione era semplicemente perfetta. La simmetria dominava la scena fin dalle mura che circondavano il castello; i bastioni, alti più di venti piedi, erano uniti fra di loro da enormi fortificazioni cilindriche, alte quasi il doppio delle mura che andavano a formare un perfetto quadrato.

Un'immensa distesa verde smeraldo ne circondava la struttura mentre poco più avanti un laghetto di un azzurro intenso bagnava le rive circostanti. Sullo sfondo una lunga distesa di alberi segnava l'inizio della foresta di Albatron.

Anche il castello seguiva la geometria dei bastioni circostanti. Quattro altissime torri cilindriche univano i lati della cittadella in un perfetto quadrilatero. Sulla sommità delle torri dominavano il paesaggio i merli, da cui gli arcieri potevano scagliare le proprie frecce in caso di assedio.

Al centro, smisurata e imponente, si ergeva la torre centrale, molto più alta delle quattro che la circondavano. A differenza di queste, inoltre, sopra la sommità, anche questa contornata da merli, si innalzava una cupola dorata sulla quale era issata una lunga asta; in cima sventolava elegantemente una vastissima bandiera blu, al cui interno era disegnato il simbolo di Luxis, un enorme Sole raggiante, estremamente rappresentativo ed emblematico nella sua semplicità.

Astral si trovava ormai davanti al portone situato in mezzo al bastione di sud, sempre in groppa al suo fedele destriero, mentre due guardie la stavano aspettando all'ingresso.

«Parola d'ordine» fece quello di destra, sbarrandole la strada.

«Kamalar» rispose lei con decisione.

Per quanto fosse ben conosciuta nel palazzo reale, le precauzioni non erano mai abbastanza. Dal castello, infatti, partivano tutte le operazioni più importanti e venivano elaborate dettagliatamente pressoché tutte le strategie da adottare. Il rischio che un mago potesse intromettersi nel Consiglio Supremo sfruttando le proprie capacità di trasformismo imponeva l'utilizzo di una parola d'ordine, cui solo chi vi partecipava ne era messo a conoscenza.

Le guardie la lasciarono passare e lei si ritrovò all'interno delle mura; si diresse subito verso il retro del castello dove si trovava la scuderia per assicurarvi il suo destriero.

«A dopo» le sussurrò ad un orecchio accarezzandogli la criniera. Poi si avviò verso l'entrata.

Sull'ingresso l'aspettavano ancora due guardie che, come in precedenza, le chiesero la parola d'ordine. Una volta risposto si immerse all'interno del palazzo reale. Nonostante la giornata non fosse molto soleggiata, dalle ampie finestre, protette da massicce sbarre di ferro, filtrava una tenue luce che illuminava lo spazio circostante, facendole brillare ancora di più la sua folta chioma bionda.

Le pareti erano ricoperte da enormi affreschi, rappresentanti le gesta più eroiche compiute dai cavalieri più valorosi nel corso del tempo. Astral si sorprese nell'ammirare con curiosità una scena in cui stranamente non era l'eroe ad avere la meglio, ma un enorme mostro con un terribile ghigno, dal quale si intravedono denti aguzzi e artigli gocciolanti sangue; sembrava quasi di udire il gocciolio che stava colando sul terreno, colorandolo di un rosso vermiglio.

Gli affreschi si alternavano di tanto in tanto con imponenti armature, rappresentanti ciascuna una diversa bardatura a seconda del grado ricoperto all'interno dell'esercito di Luxis.

Astral entrò nell'immenso salone dove di lì a poco si sarebbe discusso delle strategie belliche e di come gestire una situazione che vedeva l'allargarsi a macchia d'olio dei territori conquistati dal regno di Atis.

Al consiglio partecipavano tutte le autorità più importanti di Oblivium.

Erano presenti i soli quattro re rimasti in vita, corrispondenti alle terre di Eris, Ignis, Luxis ed Uris; Negash, lo stregone a capo dell'ordine dei maghi, da sempre considerato il più saggio e il più potente fra tutti; sette fra i più autorevoli e giudiziosi maghi; i sei generali più valorosi, che erano impegnati al fronte per cercare di fermare l'avanzata nemica. Le loro esperienze belliche sui campi di battaglia li rendevano preziosissimi consiglieri, e potevano contribuire alle strategie da adottare con un'ottica più realistica di altri, che non avevano mai sperimentato la guerra in prima persona.

I partecipanti si riunirono attorno a un enorme desco di legno, suddivisi in tre categorie. Nell'ala nord della sala vi erano i quattro re, in quella sud-est gli otto maghi mentre in quella sud-ovest i sei generali.

Re Galtran, sovrano di Luxis, si alzò in piedi, e la sua altezza imponente sembrò riempire la sala. I suoi occhi verdi brillavano di determinazione, e la sua lunga barba castana scendeva fino al petto, conferendogli un aspetto regale e autorevole.

«Buona sera, valorosi guerrieri e saggi consiglieri» esordì. «Come sapete, siamo qui riuniti per discutere della guerra che sta devastando il nostro mondo. La situazione è sempre più grave, e i nostri territori si restringono sempre di più. Se non troviamo una soluzione, presto saremo tutti sotto il giogo di Atis. Auspico che gli Dei ci illuminino e ci diano la forza di trovare la via della vittoria. Non possiamo permetterci di fallire. Il destino del nostro mondo è nelle nostre mani».

«Però, non sbagli un colpo eh! Veramente un'ottima preda! Che ne dici se mi fermo a cena da te? Così avremo anche più tempo per parlare. Ho delle notizie che non credo ti dispiaceranno…».

«Salve anche a te, Cadel».

«E dai, smettila di essere sempre così schivo. Capisco che potrebbe andare meglio, ma starsene sempre rintanati a piangersi addosso non serve proprio a niente».

In fondo al suo cuore Lysander sapeva che il suo amico non aveva poi tutti i torti. Ma preferiva non pensarci e chiudersi nella sua solitudine.

Cadel era l'unica persona con cui avesse veramente legato dalla scomparsa dei suoi genitori. Il modo con cui poi si erano conosciuti era tutt'altro che comune.

Lysander chiuse gli occhi, perdendosi nei ricordi del suo passato turbolento con Cadel. Erano due giovani irruenti, legati da un'amicizia nata tra risse e disavventure. Il ricordo di quel fatidico giorno nel bosco si insinuò nella sua mente.

Erano ancora dei ragazzetti, quindici anni al massimo, quando entrambi avevano puntato la stessa preda, un leprotto grassottello che si era assopito accanto ad un grosso albero. Mentre Lysander era acquattato dietro una siepe, in attesa di scoccare la freccia che gli avrebbe permesso di ucciderlo, Cadel con un gesto alquanto goffo aveva fatto svegliare la bestiola che, dopo essere rimasta per pochi attimi a guardarsi intorno circospetta, si era data a una folle corsa, uscendo dalla portata di entrambi.

«Ehi tu, stai più attento! Non vedi che hai fatto scappare la mia preda!» aveva tuonato Lysander.

«La *mia* preda, vorrai dire! Tu, piuttosto, sei stato a farla scappare!» aveva prontamente risposto con tono arrogante l'altro.

I due avevano iniziato a beccarsi a vicenda fino a quando la situazione non era precipitata e dalle parole erano presto passati alle mani. La colluttazione che ne era seguita era stata piuttosto cruenta e dopo poco Cadel era caduto pesantemente a terra, perdendo conoscenza, con un rivolo di sangue che gli colava dalla bocca fino a bagnare il terreno sottostante.

Forse era stata proprio quell'immagine a farlo pentire immediatamente di ciò che aveva fatto. Quel corpo immobile gli aveva riaperto una ferita mai rimarginata.

«*FUGGI… FUGGI!*». Le parole che il padre gli aveva urlato in fin di vita erano tornate ad abitare la sua mente più drammaticamente che mai. Si era rivisto bambino, gli occhi castani pieni di lacrime che non riuscivano neanche a scendere, guardare inerme quello strazio che gli riempiva la mente e gli feriva il cuore.

Si era caricato il ragazzo in spalla e lo aveva portato nella sua caverna. Se vuoi sopravvivere da solo in mezzo al nulla, come lui aveva fatto, era necessario imparare a curarsi e così lui conosceva qualche impacco elementare per medicarsi. Molte, poi, erano rimembranze di ciò che gli aveva insegnato sua madre. Cercò tutte le erbe necessarie e una volta composto l'impiastro glielo applicò delicatamente sulle ferite.

Per fortuna non erano tanto gravi e così, dopo non molto tempo, a poco a poco il ragazzo iniziò a riprendere conoscenza.

«Chi sei?» gli aveva chiesto con voce estraniata appena era riuscito a dischiudere gli occhi, mettendo a fuoco a fatica il volto sopra di lui.

Lysander, approfittando della sua temporanea perdita di memoria, aveva mentito, dicendogli che l'aveva trovato nel bosco in quelle condizioni e che si era solo limitato a portarlo nella sua caverna e a fargli qualche impacco curativo. Un giorno forse gli avrebbe detto la verità, ma in qual frangente gli parve la cosa più giusta da fare.

Col tempo i due erano diventati ottimi amici. Non solo, ma Cadel divenne il ponte che lo collegava all'altra parte del mondo. Lysander infatti nel frattempo era diventato un mercenario, uno che andava in giro ad ammazzare la gente in cambio di denaro. La sua identità doveva rimanere segreta il più possibile, e così quel ragazzo gli serviva per contrattare con i clienti senza essere mai visto in volto.

Poco più tardi anche i suoi genitori erano morti. Ma la casa era rimasta a lui e qui si era rifatto una famiglia. Aveva sposato una cortigiana di Luxis, e insieme avevano avuto una bambina.

Vivevano a Collex, un borgo non molto distante dalla caverna di Lysander. Molte volte Cadel gli aveva proposto di cambiare vita e di andare anche lui a vivere là, dove avrebbe potuto iniziare una nuova esistenza. Ma lui non aveva mai preso sul serio quell'ipotesi; aveva sempre preferito rimanere lì, in mezzo al verde.

Certo, ogni tanto si concedeva qualche uscita in paese, dove per altro aveva amato molte donne. Ma nessuna era mai riuscita a sapere il suo nome. Nessuna aveva avuto il beneficio di poterlo incontrare una seconda volta. Come arrivava spariva nel nulla, a lui stava bene così.

Non voleva una nuova vita. Voleva solo passare il resto dell'esistenza in pace, sperando solo che un giorno avrebbe potuto riscattare la morte della sua famiglia, in un modo o nell'altro.

«Dai, siediti» disse tornando con la mente al presente, i ricordi che svanivano tra le fiamme, bruciando come foglie di olivo.

Cadel si accucciò vicino a Lysander davanti al fuoco, mentre alcune scintille scoppiettavano allegre vicino al lembo di carne, ormai quasi del tutto arrostito.

Aveva un paio di anni meno di lui e, per certi aspetti, ne era l'esatto opposto. Lunghi boccoli dorati contornavano l'ovale perfetto del suo viso, riempito da due guance costantemente rosse e due grandi occhi azzurri.

Anche dal punto di vista fisico, le somiglianze erano limitate. Pur essendo separati da poche dita in altezza, i suoi lineamenti floridi e tondeggianti si distinguevano notevolmente dal fisico asciutto e muscoloso dell'amico. Entrambi, si misero a fissare per un po' la danza che le fiamme facevano attorno al lembo di carne.

«Allora, qual buon vento amico mio?».

«Il solito lavoretto che il tuo fido Cadel è riuscito a procurarti, ma...».

«Ma?»

«Ma questa volta si tratta di una persona molto importante. È un emissario del re. È stato uno strano uomo a propormi l'affare. Aveva una tunica con all'interno un bizzarro simbolo, una sorte di croce inserita in un pentacolo o che so io. È stato veramente molto ambiguo e non ho la più pallida idea di come e perché sia risalito a te».

Lysander tolse il pezzo di carne dal fuoco e lo porse a terra, facendone due grosse porzioni. La offrì una a Cadel.

«Continua».

«Ebbene, non mi ha voluto svelare nient'altro, ma mi ha detto che se avessi accettato avresti avuto una ricompensa di ben ottomila silos!».

Cadel lanciò una monetina in aria, poi la riprese con un sorriso sulle labbra.

«Abbastanza per lasciare definitivamente questa topaia e farti una nuova vita lontano da qui».

Lysander lo incenerì con lo sguardo.

«Tieni» gli disse passandogli il piatt...

Entrambi divorarono con avid... ...o a che ne...
rimasero che gli ossi e qualche goccia di ...

«Quanto tempo ho per ...

«Cinque giorni da oggi. Fo... ...o su».

«Ripassa da qui fra due ... ...el frattem... ...arti una tagliata a
...ella barba, non vorrei che ... ...biassero per un
...endicante».

Cadel accennò un so... ...avviò verso ... ...a tratto si girò.

«A proposito, da ... ...ua ... ...li amici delle
conquiste?».

Lysander le...

«Non far... ...che cercava
disperatamente un o... ...e un mantello
legato al collo da una ... ...ua faccia, quanto
era rammaricat... ...o da lei
descritto ...

...o. E...
... ...tu».

... ...la ...
...o...

«Solo un momento!».

Cadel si girò nuovamente verso Lysander.

«Per curiosità, qual è il nome della fanciulla?».

«Astral».

Acquattato dietro un cespuglio, Lert, un audace elfo alle dipendenze del generale Yago, osservava attentamente la scena.

Si trovava ai piedi di un maestoso castello, in mezzo alla natura, in un'isola sperduta a largo delle coste di Acquaris.

Era stato grazie ad una sirena che era riuscito ad avere quell'informazione così preziosa.

In realtà le sirene generalmente non si confidavano con gli abitanti della terra ferma. Erano esseri pacifici, preferivano stare fuori dai problemi delle terre di Oblivium. Inoltre, la comunicazione era resa quasi impossibile dal fatto che parlavano una stranissima lingua; solo in pochi erano in grado di comprendere o addirittura parlare.

Ma Lert aveva avuto un buon rapporto con quelle creature sin da piccolo. Cresciuto sulle coste di Acquaris, era sempre stato attirato da quegli esseri così suggestivi ed eleganti al tempo stesso. Aveva iniziato a studiare su dei testi antiquati per comprendere la loro lingua, le loro abitudini, il loro modo di vivere. Da un semplice passatempo quella per le sirene era diventata una vera e propria passione. Trascorreva in acqua gran parte della propria giornata e, dopo un iniziale diffidenza, queste avevano gradualmente cominciato a fidarsi di lui. In fondo, quel piccolo elfo così pieno di vita e di curiosità gli rimaneva simpatico.

Col tempo, però, il piccolo Lert aveva dovuto abbandonare la sua passione. La guerra, infatti, lo aveva costretto a emigrare verso nord, stanziandosi assieme a suoi altri conterranei nel regno di Ignis, dove la convivenza con gli gnomi era resa tollerabile solo dalle strette ragioni di opportunità bellica.

Appena saputo della missione, si era subito offerto volontario per andare lui nelle terre di Acquaris. Oltre che a essere molto pratico del posto e ad avere quindi molte possibilità di successo nella missione, infatti, era anche molto desideroso di tornare a vedere la sua vecchia patria e, con essa, anche le splendide sirene che solo in quello spicchio di oceano vivevano e che ormai da più di trent'anni non ne aveva avuto più notizia.

Così per lui era stata una pura formalità venire a conoscenza di quello strano castello nascosto in mezzo al verde, in un'isola, per giunta, disabitata.

Adesso era lì, a non più di cento passi dall'ingresso di quell'edificio, così bello e inquietante al tempo stesso. La bandiera, dall'alto della torre centrale, sventolava energicamente. Al suo interno una croce inserita in un pentacolo regolare.

Dopo qualche minuto ad attendere senza che succedesse niente, uno strano uomo era arrivato al capezzale del castello. A giudicare dall'aspetto e dagli abiti si trattava di una sorta di mago, o giù di lì. La lunga barba bianca scendeva fino all'altezza del ventre mentre le ossute mani, segnate dal tempo, stringevano forte un lungo bastone di legno. In cima vi era incavata una strana pietra viola.

Il ponte levatoio iniziò ad abbassarsi con un minaccioso scricchiolio, fino a che l'uomo iniziò a camminare sulla passerella che conduceva nelle viscere della cittadella.

C'erano due uomini a sbarrargli il passaggio. Gli chiesero qualcosa, forse una parola d'ordine, da lì non poteva sentire. Comunque lo lasciarono subito passare e il vecchio venne presto risucchiato dalle tenebre. Il ponte levatoio si richiuse subito dopo.

Lert sapeva che era fondamentale per la sua missione riuscire a scoprire cosa stessero tramando là dentro. Non poteva certo entrare in quella roccaforte, ma aveva giusto qualcosa che faceva al caso suo. Prima di partire per la missione, a lui così come ad altri cinque, era stata fornita una pozione da un mago alle dipendenze del suo esercito. Era un filtro magico estremamente semplice, consisteva in un miscuglio di erbe che gli conferivano un colore verdastro. Una volta bevuta, si sarebbe tramutato per una quindicina di respiri di drago in un piccolo volatile.

Lert bevve la pozione tutta d'un fiato. Pochi secondi dopo si trovava a svolazzare intorno al castello.

Si posò su un ramo di una gigante sequoia. Osservò dentro la finestra. Il vecchio era entrato in quella stanza. Davanti a lui, un uomo vestito con una strana tunica lo fissava intensamente con i suoi occhi verdi scintillanti nascosti sotto il cappuccio, che svelava ben poco del suo viso. Lert si perse nella cascata di capelli rosso vermiglio che fuoriuscivano dal cappuccio. E sul ghigno disegnato sul suo volto.

A rompere il silenzio fu Galtran, re delle terre di Luxis nonché sovrintendente del Consiglio Supremo.

Da sempre era considerato un uomo molto saggio e benché fosse il meno anziano tra i re presenti nella sala era rispettato da tutti. Le sue parole avevano il potere di diffondere sempre un filo di speranza tra i presenti, anche quando le difficoltà sembravano insormontabili.

In piedi in mezzo agli altri re, indossava un lungo mantello color porpora rivestito di una soffice lana bianca lungo le bordature. I lunghi capelli castani scendevano fino all'altezza delle spalle mentre una barba sfatta lo faceva apparire meno giovane di quanto fosse in realtà. I suoi occhi verde smeraldo erano sempre vigili e attenti; molti avevano come la sensazione di sentirsi nudi davanti a quello sguardo, capace di trafiggerti da parte a parte.

«Come prima cosa vorrei un resoconto dei generali, che ci illustrino la situazione delle varie terre».

«Buonasera maestà». Il primo ad alzarsi in piedi fu uno gnomo, Farrel, capo dell'esercito dell'alleanza nonché generale delle legioni di Tonitrus.

«La situazione al fronte, nelle terre di Eris, è disastrosa. Maledetta Atis. Continuiamo a perdere terreno di giorno in giorno. I nostri uomini sono sempre più scoraggiati e diventa sempre più difficile per tutti trovare la grinta e le motivazioni contro un esercito che sembra invincibile. Come sentirete tra non molto anche dagli altri generali, inoltre, la situazione nelle altre terre non è migliore, anzi... Bisogna assolutamente trovare un modo per fermare quei mostri che sono a capo dell'esercito. Solo senza di loro potremo avere qualche possibilità di guadagnare terreno».

«Non credo». Ad alzarsi in piedi era stato Yago, l'unico elfo ad essere un generale all'interno dell'alleanza.

«Cosa vuoi dire?».

«È vero, indubbiamente senza quegli esseri immondi le loro truppe sarebbero meno temibili. Ma non so se senza di loro sarebbero davvero alla nostra portata».

«Spiegati meglio». Re Galtran, incuriosito a quelle parole, scrutò Yago con attenzione, trafiggendolo con i suoi occhi verdi.

«Nonostante tutto, il nostro esercito dovrebbe comunque essere di gran lunga superiore al nemico, malgrado le numerose terre perse e cadute in mano loro. Invece da sempre le forze in campo sono state equivalenti e adesso credo che siamo anche in inferiorità numerica».

«Dove vuoi arrivare?». L'espressione di Galtran adesso era curiosa e preoccupata al tempo stesso.

«Probabilmente il piano non riguarda solo il regno di Atis. Ci dev'essere un'associazione segreta che si infiltra in ogni angolo di Oblivium. Una specie di setta che in ogni terra ha pronti adepti sul luogo dello scontro; non appena questo inizia i soldati vengono allo scoperto, confondendosi nella mischia e riequilibrando le forze in campo, talvolta arrivando persino a superare le nostre».

«Una congettura piuttosto fantasiosa, non c'è che dire, giovane Yago». A interrompere l'elfo era stato Wolf, un mago molto anziano originario delle terre di Acquaris nonché consigliere proprio di Re Galtran.

«Ma ditemi, piuttosto: dove sarebbe la base di questa fantomatica *setta*? In quali rapporti sarebbe con il regno di Atis? Ma soprattutto, come fanno a sapere sempre dove posizionarsi di preciso in ogni conflitto? Sinceramente mi sembra un'ipotesi piuttosto avventata, e in questo momento, credetemi, ciò di cui proprio non abbiamo bisogno è perdere ulteriore tempo in inutili fantasie».

«Mi dispiace che la pensiate così arcimago Wolf, ma questa mi sembra più che una semplice congettura; piuttosto, spiegherebbe il motivo della loro superiorità numerica. Non saprei rispondere con precisione alle vostre domande, ma credo che ci sia una base da cui si dirama tutto. Non so però come facciano a prevedere ogni nostra mossa, né dove possa essere la loro sede principale».

«Adesso basta. Siamo qui per elaborare una strategia di guerra, non per raccontare favole fantasiose e perdere inutilmente tempo prezioso. Maestà, vi prego, rimettete questo consiglio su una strada più congrua».

Un lieve brusio si levò fra i presenti.

«Silenzio!». Galtran riportò immediatamente l'ordine, e il silenzio calò nuovamente sulla sala.

«Generale, trovo molto interessante ciò che stai affermando. Tuttavia, credo che sia desiderio di tutti i presenti avere un minimo di prove di ciò che stai sostenendo. Altrimenti sono obbligato a chiudere la discussione qui e a prendere altro in considerazione».

«A questo sto giusto provvedendo, Maestà. Su un'elsa dell'esercito di Atis ho trovato inciso questo simbolo».

Il giovane si alzò e mostrò l'oggetto ai presenti. Poi lo porse a re Galtran.

Lysander si accucciò sul giaciglio e fissò il soffitto. Non sapeva ancora se accettare l'incarico, ma in fondo non aveva molte alternative.

Ultimamente il lavoro scarseggiava. In genere a commissionargli degli incarichi erano per lo più signorotti locali che volevano sbarazzarsi di qualche avversario scomodo per avere campo libero. O qualche menestrello sorpreso a letto con la propria moglie. Ma la guerra negli ultimi anni aveva cominciato a spiegare drammaticamente i suoi effetti in tutti i campi, non lasciando esclusi nemmeno i piani più alti. Non erano più solo gli intrighi locali a cercare la sua lama, ma agenti delle fazioni in cerca di alleati o assassini senza scrupoli pronti a uccidere chiunque potesse minacciare i loro oscuri obiettivi. Non c'era più posto per le ambizioni personali. L'unica cosa che contava veramente era riuscire ad evitare che Adares si impadronisse di tutte le terre di Oblivium. Forse, una volta finita, la vita sarebbe tornata al suo vecchio regime e i giochi di potere dei signorotti locali sarebbero tornati alla normalità, una prassi esistente da prima che i draghi scandissero il tempo sugli otto regni. Ma chissà quanto sangue avrebbe dovuto essere versato prima. Magari il suo destino era intrecciato a eventi ben più grandi di lui, come le rune incise nella pietra che portava al collo.

Lysander così ultimamente viveva alla giornata. Non molto diverso da un animale, in fin dei conti: si nutriva delle prede che egli stesso cacciava, si dissetava al torrente vicino alla sua grotta, si riposava in un giaciglio di paglia buttato là alla meno peggio in un angolo della caverna. I suoi gusti erano primitivi, amava la carne cruda stridere sotto i denti e il sapore del sangue. I suoi sensi acuti, un respiro di scoiattolo lo avrebbe svegliato. La sua pelle un cuoio resistente, i piedi abituati alla ruvida e fredda pietra potevano calpestare qualsiasi cosa. Il suo cuore ricoperto di ghiaccio, non poteva permettersi di provare emozioni.

In fondo per lui un lavoro valeva l'altro, l'importante era guadagnare qualche soldo da spendere nel suo amaro conforto nelle osterie di Collex. Bere era diventata l'unica sua consolazione, l'unico svago capace veramente di fargli dimenticare la sua squallida vita attuale, un passato mai uscito dalla sua mente, un futuro che non riusciva a riscrivere.

Ormai per lui uccidere era diventato solamente un lavoro, nulla di più. Non provava pietà per le persone a cui toglie la vita, non pensava alle persone a cui, per causa del sangue da lui sparso, non sarebbero bastate le lacrime che avevano in corpo per piangere i loro cari.

Madri, mogli, figli. I suoi occhi stanchi avevano visto troppe persone piangere a causa sua e maledire il giorno in cui fosse nato. Eppure, quelle parole, quei gesti, quelle lacrime che puntualmente vedeva prima di uscire definitivamente di scena non lo toccavano più.

Anzi, talvolta, nel momento in cui toglieva la vita a un povero signorotto indifeso, provava un'insolita soddisfazione, immaginando che quello che stava uccidendo era l'assassino di suo padre.

Era uno dei tanti modi che usava per non farsi venire sensi di colpa; era una delle tante cause che lo aveva tramutato in una sorta di belva feroce insensibile al dolore.

Ma le cose non erano sempre state così.

Quando decise di intraprendere quel lavoro era ancora un ragazzo, troppo accecato dalla rabbia per riuscire a comprenderne realmente la portata.

Non sarebbe mai riuscito a scordare il suo primo incarico. Il suo primo assassinio.

La persona in questione era una sorta di mago delle terre di Eris, una persona che, a quanto pare, mosso dal suo spirito di libertà, aveva pestato i piedi alla persona sbagliata.

Aveva agito al crepuscolo, attendendo dietro a un albero che l'uomo tornasse a casa, dalla sua famiglia. I giorni precedenti li aveva impegnati a spiare le abitudini dell'uomo: sarebbe andato a colpo sicuro quando fosse giunto il momento fatidico.

L'uomo era tornato alla solita ora, l'espressione stanca ma felice allo stesso tempo di chi, dopo una lunga giornata di lavoro, stava tornando ad abbracciare la propria famiglia.

Era sbucato all'improvviso e non gli aveva neanche dato il tempo di capire cosa stesse accadendo. Con un balzo felino gli era stato addosso in un lampo. Aveva estratto dalla cinta il pugnale e con un gesto deciso gli aveva inciso profondamente la gola. L'uomo era riuscito solamente a emettere un breve lamento con un rantolo; poi, il mondo intorno a lui si era annebbiato gradualmente e le sue gambe non erano riuscite più a sostenere il suo peso, facendolo cadere pesantemente a terra. Il sangue aveva cominciato lento e inesorabile a impregnare il terreno, mentre esalava gli ultimi respiri della sua vita.

Il giovane Lysander si era trovato così a guardare con sgomento quella triste immagine, osservando quegli occhi morenti che lo guardavano quasi a chiedergli aiuto. Poi aveva alzato lo sguardo.

Non sapeva perché non se ne era accorto. Forse l'inesperienza del suo primo incarico, forse la tensione che quegli ultimi respiri di drago lo aveva assalito, ma non si era accorto che sull'uscio della porta, a meno di cento piedi da lì, c'era una ragazza, con ogni probabilità sua figlia. Come impietrita, stava osservando sgomenta la scena. Dopo pochi, interminabili attimi, aveva iniziato a correre verso l'uomo in fin di vita.

Mentre Lysander si allontanava, da sotto il suo cappuccio aveva visto la ragazza stringere il padre tra le braccia, mentre questi si stava lentamente spegnendo. I suoi occhi azzurri, immersi tra le lacrime, lo stavano guardando con quanto più odio fossero capaci.

Avrebbe voluto andare da lei per dirle che le dispiaceva, per esprimere quel dolore che in quel momento gli stava straziando il cuore. Ma sapeva che questo non era possibile. La ragazza non avrebbe potuto vedere la lacrima che da sotto il cappuccio era sbocciata anche dai suoi occhi alla vista di quella scena, né sarebbe servita ad alleviare il suo dolore.

Si era girato, scomparendo veloce tra gli alberi, come un cervo che sfugge ai cacciatori.

Non era mai riuscito a togliersi dalla mente quegli occhi azzurri che lo guardavano così carichi d'odio ma, col tempo, era riuscito a non provare più niente per le sue vittime.

Semplicemente, era diventato un emissario della morte.

Galtran si passò scrupolosamente la spada tra le mani, osservandone ogni minimo dettaglio. Poi si rivolse a Yago.

«Hai idea di cosa possa simboleggiare?».

«Non l'ho ancora scoperto, vostra Maestà. Tuttavia, le armi che appartengono al regno di Atis, come sappiamo, non hanno nessun simbolo, tanto meno questa strana croce all'interno di un pentacolo. Ho ragione di credere che non siano solo gli schieramenti di Atis che stiamo combattendo».

Il Re ascoltava assorto il giovane elfo; poi gli restituì l'arma e si passò una mano sulla incolta barba castana che gli marcava i lineamenti.

Yago tornò al suo posto tenendo fra le mani il prezioso manufatto.

«Ed è possibile sapere da quanto tempo questa presunta fazione sia presente tra gli schieramenti nemici?».

«Adesso basta!». A essersi alzato in piedi era Wolf, sicuramente il più diffidente tra i presenti al Consiglio.

«Credo proprio che questa sia una tesi assurda e velleitaria. Non dovremmo continuare a occuparci di simili sciocchezze. Vostra Maestà, vi ricordo che, mentre noi siamo qui a discutere di simili congetture, centinaia di nostri uomini si stanno immolando per cercare di fermare l'avanzata nemica. Non credo che questo sia il giusto modo di ripagare i loro sforzi e i loro sacrifici. È chiaro che un simbolo inciso su un'elsa non voglia dire assolutamente nulla».

«Ringrazio il vostro intervento, consigliere Wolf, ma vi ricordo che qui le decisioni le prendo io, in caso assieme agli altri re, e io ho deciso di dare fiducia al generale Yago».

Seguì un attimo di silenzio, poi il mago si rimise al proprio posto, visibilmente indignato.

«Torniamo a noi. Puoi rispondere alla mia domanda, generale Yago?».

«Non posso darvi una risposta certa, Maestà; ma ho ragione di credere che questi siano stati presenti pressoché da subito. E infatti è proprio all'inizio che le fazioni di Atis avrebbero dovuto disporre di un appoggio esterno per prevalere sulle nostre legioni. Non credo invero che la semplice presenza delle strane creature al loro interno possa aver legittimato totalmente la loro supremazia iniziale».

Astral stava ascoltando il dibattito dalla sua postazione, accanto agli altri maghi. Occupava la penultima poltroncina alla sinistra del grande saggio, Negash, agli antipodi di Wolf.

Aveva sempre avuto stima nel giovane generale a capo delle legioni impegnate al fronte nelle terre di Ignis, e la sua teoria, anche se tutt'altro che certa, le pareva comunque plausibile. Ma c'era una cosa che non riusciva a capire. Decise così di alzarsi in piedi e di rivolgersi direttamente a Yago.

D'altronde era stata proprio la sua perspicacia e la sua determinazione a farle valere quell'incarico.

«C'è una cosa che mi sfugge, generale Yago».

Gli occhi dei presenti si spostarono all'unisono dall'elfo alla giovane maga, che continuò con tono deciso:

«Capisco le vostre motivazioni che vi spingono ad affermare quanto avete appena detto. Ma perché, se costoro sono stati presenti fin dall'inizio, questa incisione è stata trovata soltanto adesso? Vi ricordo che la guerra è in corso ormai da molti anni, Signore. In questo punto la vostra tesi mi sembra alquanto fallace, se non contraddittoria».

Un accenno di sorriso parve comparire dalla folta e lunga barba bianca di Wolf.

«Ottima domanda. Anch'io me la sono posta prima di affermare questa teoria. Ebbene, molto probabilmente questi guerrieri non sono mai presenti tra le prime linee. Inoltre, difficilmente le battaglie volgono a nostro favore, così generalmente tutto ciò che rimane in un campo di battaglia non è accessibile a noi. Anche qualora poi avessimo la meglio, la maggior parte degli oggetti che troviamo appartengono all'esercito di Atis, sia perché comunque più numeroso, sia perché, come appunto stavo spiegando, sono sempre loro a occupare le prime file e ad avere dunque più possibilità di cadere in battaglia. Quando poi raccogliamo le armi dai campi di battaglia le gettiamo con noncuranza dentro ampi ripostigli e una piccola incisione sull'elsa può essere certamente ignorata».

Yago sentì il suo cuore accelerare i battiti constatando che il suo discorso aveva colpito l'intero consiglio. Il silenzio calò all'interno della sala.

Fu Damacon, Re di Ignis, a romperlo. Era uno gnomo, come la maggior parte degli abitanti del suo regno, ma aveva una statura e una forza superiori alla media. I suoi capelli rossi erano intrecciati in una lunga treccia che gli scendeva sulla schiena, e i suoi occhi verdi brillavano di astuzia e determinazione. Indossava una tunica di seta rossa, ornata di ricami d'oro, e una corona di rubini che simboleggiava il suo potere.

«Una teoria molto interessante generale Yago. Ma ditemi, cos'è che vi ha portato a formulare siffatta tesi? Una vostra esperienza bellica, forse? Se così fosse vi inviterei a esporci i fatti, generale».

L'espressione dell'elfo si distese, quasi aspettasse quella domanda:

«Nell'ultimo scontro effettivamente abbiamo riscontrato un'anomalia. Eravamo inizialmente in vantaggio sul nemico, quando a un certo punto mi sono accorto che da dietro il vulcano Kuri Kuri, approfittando della mischia, stavano arrivando altri rinforzi. La cosa strana era che quel lembo di terra apparteneva e appartiene tuttora a noi. Siamo riusciti così a organizzarci anche contro questo spiegamento e approfittando del fatto che non era presente il loro possente generale siamo riusciti ad avere la meglio».

Yago fece una piccola pausa. Gli occhi di tutti i presenti erano rivolti verso il giovane elfo. Dopo poco, riprese con decisione:

«Al momento di recuperare le armi dei caduti, me ne sono occupato di persona. Ho vagliato attentamente tutte le armi e ho trovato in tutte quelle delle fazioni infiltrate questa incisione. Tuttavia, sono in un numero alquanto esiguo in quanto si sono ritirati quasi subito, una volta capito che avevamo scoperto il loro piano».

Re Galtran si massaggiò la barba, come amava sempre fare quando doveva prendere una decisione importante.

«E quale sarebbe il tuo piano per scoprire se la tua intuizione è esatta?».

«Quando ho fatto questa scoperta ho mandato sei emissari in giro per le terre di Oblivium in cerca della base di questa setta. Sapendo dove essa si trovi, avremo un grande vantaggio nei confronti del nemico. Ebbene, Lert, colui che avevo inviato nelle terre di Acquaris, mi ha riferito che ha delle importanti notizie a riguardo. Tuttavia, non ha ritenuto opportuno scrivere le sue scoperte su un pezzo di stoffa affidato a un falco. Mi ha detto che intende esporre le sue scoperte direttamente in seno a questo consiglio».

«E quando sarà possibile ciò?» chiese Galtran.

«Il suo ritorno è previsto tra circa un mese da oggi».

«Bene, vorrà dire che per allora sarà fissato un ulteriore Consiglio. Pertanto, se nessuno al momento ha più obiezioni da fare, vi invito a presentarvi tutti qui fra trenta giorni esatti da oggi. La seduta è tolta». Concluse Re Galtran alzandosi dal suo scanno.

I partecipanti si alzarono e uno ad uno cominciarono ad abbandonare il palazzo reale, tornando ognuno ai compiti che la guerra aveva loro assegnato.

Una volta fuori, Astral si diresse verso le scuderie, dove Mapet la stava aspettando per portarla di nuovo nel regno di Eris. Mentre scorreva le dita attraverso il pelo caldo e setoso del suo fedele cavallo preparandosi a montare, inaspettatamente sentì una voce profonda che la stava chiamando.

«Maestro...». Astral rimase interdetta nel vedere Negash venire con decisione verso di lei: il lungo bastone stretto tra le dita ossute segnate dal tempo sembrava portare con sé le tracce di innumerevoli storie.

«Astral, ho bisogno di parlare con te».

«Ditemi...»

«Temo che questo non sia né il luogo né il momento adatto. Lascia pure il tuo cavallo qui, viaggeremo su Arfox».

Una sorpresa mista a una leggera inquietudine si dipinse sul volto di Astral. Negash era stato il suo maestro per molti anni. L'aveva conosciuto da piccola perché era stato l'insegnante anche di suo padre. Non era stato lui in persona a iniziarla alla magia, a quello ci avevano pensato i suoi genitori; inizialmente si limitava solo a osservarne i miglioramenti e a darle qualche consiglio che con la sua esperienza poteva offrirle.

Ma quando era morto suo padre si era occupato personalmente della giovane maga, anche perché per essere ammessa alla carica di *consulente di consiglio* bisognava essere eruditi personalmente dal capo dell'ordine ed esaminati da una commissione presieduta dallo stesso. E Negash vedeva una luce negli occhi di quella ragazza che voleva illuminasse il consiglio. Era sicuro che Astral sarebbe stata una pedina importante per le sorti di Oblivium.

Si era così occupato personalmente di lei, facendola diventare una fra i migliori maghi di Oblivium.

Astral aveva una enorme stima, oltre che riconoscenza, in quel vecchio stregone che le aveva permesso di ritrovare uno scopo nella vita, di riuscire ad andare avanti, accettando, senza però dimenticare, quel passato così ostile.

Quel passato che ancora si rifletteva nel presente, visibile nel velo di tristezza che spesso calava sull'azzurro dei suoi occhi; un velo che in certi momenti ne adombrava la luce così limpida.

Non si aspettava che in quel momento il maestro venisse da lei. Da quando era stata eletta a consulente di Consiglio ognuno aveva intrapreso la propria strada, così che i loro destini si incrociavano solamente in seno al Consiglio. Non aveva assolutamente idea del perché Negash volesse parlare proprio con lei. Per giunta proprio ora che era terminato il Consiglio Supremo. Un Consiglio dove fra l'altro, Negash, non era neanche intervenuto. E se non aveva avuto niente da dire in seno a esso, Astral non capiva cosa avesse da dire solamente a lei.

«Va bene…» farfugliò, mentre questi pensieri le stavano attraversando la testa, scendendo agilmente da Mapet.

«Non capisco però…».

«Tutto a suo tempo» la interruppe subito lo stregone, lasciando molte domande in sospeso nella mente di Astral.

Si avviarono fuori dalle mura del castello. Negash, con un cenno del suo bastone di quercia levigato, come un'anima saggia che regge la propria autorità con grazia, chiamò a sé la creatura su cui avrebbero viaggiato. Una scia azzurra danzò e sfumò nell'aria.

Dopo pochi soffi di drago un'enorme sagoma apparve nel cielo, descrivendo cerchi concentrici verso il basso e divenendo sempre più grande man mano che si avvicina al suolo.

A largo delle coste di Acquaris una piccola sagoma si intravedeva a malapena nella fitta nebbia che aleggiava sopra l'oceano.

A bordo della sua piccola imbarcazione, munita di una povera vela ed equipaggiata solo delle sue forti braccia e di due remi, Lert aveva ormai intrapreso il suo viaggio di ritorno da una decina di giorni. Il tempo non era stato benevolo e le numerose intemperie che quei giorni si erano abbattute sull'oceano gli avevano provocato un ritardo sulla tabella di marcia che si era imposto.

I viveri, recuperati alla meno peggio sull'isola in cui si trovava, iniziarono a scarseggiare quando ancora non era che a metà del suo viaggio. Avrebbe voluto chiedere aiuto alle sirene che popolavano quelle acque, ma in quei pochi giorni non era riuscito a scorgerne nemmeno una. Probabilmente il maltempo non permettevano loro di salire in superficie.

Ma Lert non si era certo disperato per questo. Era stato addestrato molto duramente ed a situazioni ben più complicate di quella. Eppure, la scena che aveva visto dieci giorni prima, lo rendeva stranamente inquieto. Sapeva che gli eventi a cui aveva assistito erano estremamente importanti per il futuro delle sue terre. E sapeva bene che l'intera riuscita di quella missione era legata esclusivamente a lui.

Aveva già riferito di aver fatto delle sorprendenti scoperte, preferendo però non divulgare la notizia per fonti non sicure. Così, adesso, l'unico a essere a conoscenza di una setta segreta, la cui base era un imponente e splendido castello situato in un isolotto a largo delle terre di Acquaris, era lui. E se non fosse riuscito a portare a termine quel viaggio, la verità sarebbe irrimediabilmente scomparsa con lui.

Il sole declinava all'orizzonte, tingendo di rosso il cielo verso ovest. Quella luce gli indicava la direzione da seguire per raggiungere la terra di Ignis, la sua meta. Probabilmente molti maghi esperti avrebbero impiegato molto meno tempo e fatica per attraversare le acque che separano i due regni, ma le capacità di mago non erano mai rientrate fra le facoltà di Lert.

D'altronde non era da tutti poter entrare facilmente in contatto con la natura e riuscire a piegarla al proprio volere. Ma l'elfo non si era mai rammaricato per questo. Nella sua tradizione, ancora prima della magia, era importante l'arte di saper combattere, di reggere un corpo a corpo, di essere un valido guerriero. Così, non appena aveva capito che la magia non era adatta a lui, aveva deciso di impegnarsi ancora di più negli allenamenti per diventare un ottimo combattente al servizio dell'alleanza.

Una brezza marina cominciò a soffiare da sud, increspando il blu dell'oceano. Lert ne approfittò per spiegare la vela e concedersi una piccola pausa. Mangiò avidamente un paio dei frutti che gli erano rimasti. Poi dosò un piccolo sorso d'acqua per dissetarsi.

Scrutando nella bisaccia, Lert constatò che quei pochi viveri rimasti non erano sufficienti per il resto del viaggio. Benché non gli piacesse mangiare pesce, o *animali morti* in generale, sapeva di non avere molta scelta. Mentre il vento si alzava ancora di più e iniziava a scendere una fitta e insistente pioggia, l'elfo legò al cappio di una freccia una lunga corda, la cui altra estremità era legata all'albero della nave. Con la visibilità ormai ridotta dagli ultimi raggi di sole che luccicavano l'oceano, gli occhi vigili e attenti da elfo scrutavano nel blu in attesa di vedere una sagoma da colpire.

Ecco che a un tratto un enorme profilo si delineò a poco più di tre braccia dalla sua imbarcazione. Lert non capì bene di cosa potesse trattarsi, ma sapeva che, se la caccia fosse andata a buon fine, probabilmente non avrebbe avuto più problemi per il resto del viaggio.

Con l'eleganza di cui solo gli elfi sono capaci, estrasse una freccia dalla sua fucina e incoccò l'arco. Poi, con un sussurro, la lasciò volare verso l'animale, prendendolo in pieno.

Qualcosa, però, andò storto. Mentre il vento ormai soffiava ferocemente, un suono secco e stridente sembrò quasi ridondarsi per tutto l'oceano.

Dopo poco, la barca di Lert stava pian piano scomparendo, inghiottita dal grande blu.

Illuminata dagli ultimi raggi di sole, che filtravano debolmente dalla coltre di nubi, la pelle squamosa di Arfox brillava di un magnifico verde smeraldo, sempre più intenso man mano che l'enorme animale perdeva quota. Astral guardò con stupore e sgomento il drago gigantesco che si avvicinava a loro, senza sapere cosa fare.

La giovane maga era sempre stata affascinata da Arfox e, in cuor suo, sognava un giorno di poter cavalcare, anche solo per un istante, uno degli ultimi draghi esistenti. I draghi erano una specie in via di estinzione; negli ultimi secoli il loro numero si era ridotto vertiginosamente. Non si sapeva quanti draghi fossero effettivamente presenti nelle terre di Oblivium, ormai erano anni che non vi era traccia di altri al di fuori di Arfox.

Inoltre, quelle maestose bestie, nonostante fossero esseri pacifici, erano praticamente impossibili da ammaestrare, anche per maghi molto esperti e potenti. Ma Negash era un mago senza eguali, dotato di una saggezza e una potenza che nessun altro poteva eguagliare, capace di padroneggiare ogni ramo della magia; e lui non l'aveva usata per sottomettere il drago, bensì solo per comunicare con lui, cosa pressoché unica. Non era stata un'impresa facile, ma col tempo si era instaurata una sorta di empatia tra i due, tale che Arfox, così come lo aveva chiamato Negash, fosse diventato il suo compagno di viaggio. Il mago lo aveva sempre trattato con rispetto, mai come un comune mezzo di trasporto; per questo non aveva mai consentito a nessuno di salirvi in sella.

Astral ne era al corrente. Per aver fatto quella eccezione, dopo più di quarant'anni, doveva avere veramente una questione che gli stava molto a cuore.

Il drago era ormai a poco più di dieci braccia da terra ed Astral iniziava a notarne i particolari: le larghe narici emettevano a intervalli più o meno regolari piccole nubi di fumo che si dissipavano lentamente nell'aria circostante; gli stanchi occhi, di un bianco invecchiato dagli anni, avevano un'iride gialla luminescente che contornava la pupilla, nera come la pece. Man mano che si avvicinava, poi, erano sempre più visibili le profonde rughe che gli solcavano la testa e l'intero corpo, come a testimoniare che quell'essere era apparso su Oblivium più di mille anni or sono.

Ma la cosa più impressionante era la sua apertura alare. Mentre scendeva, la massa d'aria spostata dalle sue enormi ali, costringeva Astral a pararsi il viso dalle forti raffiche di vento, oltre che a impegnarsi per non perdere l'equilibrio; tutt'intorno, i ciuffi d'erba rigogliosi di Luxis sembravano come impazziti. L'ombra prodotta da Arfox si faceva sempre più imponente, fino a far oscurare gran parte dello spazio circostante in cui erano situati i due maghi.

Mentre il drago atterrava pesantemente sull'erba, Astral non sapeva se sentirsi più intimorita o eccitata all'idea di salire su un animale plurisecolare.

«Andiamo!» ordinò perentorio Negash, facendole segno con il bastone di salire per prima.

Astral guardò interdetta verso la schiena dell'animale. Sicuramente era situata ben più in alto della sella di Mapet, sulla quale era abituata a salire. Un balzo felino ed elegante le valse la sua prima volta in sella ad un drago. Subito dopo fu la volta del maestro che utilizzò l'enorme zampa di Arfox come sostegno per raggiungere anch'egli la schiena del drago. Poi, con un movimento del bastone accompagnato da una strana litania, ordinò alla bestia di alzarsi in volo.

Mentre prendevano quota, Astral vide il mondo sotto di sé rimpiccioliesi sempre di più, fino a quando anche l'immenso palazzo reale non divenne che un piccolo quadratino grigiastro immerso nel verde. Poi, oltrepassato lo spesso strato di nubi, il drago smise di prendere quota, cominciando a volare in orizzontale.

Benché non fosse la prima volta che Astral si trovasse a guardare il mondo da una prospettiva del genere, farlo in groppa ad Arfox era un'esperienza nuova, e in un primo momento le era persino girato la testa, colpita da un insolito senso di vertigine.

«Ti starai sicuramente chiedendo del perché di tutto questo...».

Le parole di Negash, attutite dal forte vento, la fecero ritornare alla realtà, distogliendola dai suoi pensieri.

«C'è una ragione molto importante per cui adesso siamo qui, per questo quello che sto per rivelarti ho deciso di tacerlo in seno al Consiglio».

Astral ascoltava attentamente le parole del suo maestro mentre si stringeva più forte nel suo mantello per coprirsi dal freddo, provocato dalla bassa temperatura che c'era a quell'altitudine e resa più rigida dalle folate di vento che sferzavano sulla pelle.

«Quello che ti dirò non è frutto della mia ricerca, ma di un altro mago, che è morto in modo atroce, ucciso barbaramente prima di svelare il suo segreto. Era una scoperta vitale per il destino delle nostre terre, e lui aveva scelto di confidarsene solo con me, per valutare come presentarlo al Consiglio.».

Il drago virò bruscamente, facendo sobbalzare Astral, sempre più confusa dai discorsi di Negash.

«Due giorni prima del nostro incontro, il mago è stato ucciso, e quel segreto è morto con lui. Qualcuno era stato messo a conoscenza delle sue indagini e aveva deciso di eliminarlo prima che potesse rivelare a tutti cosa avesse scoperto».

«Scusatemi...». In mezzo a quelle raffiche, benché la giovane si stesse impegnando a parlare a voce più alta possibile, la sua voce sembrò poco più di un sussurro gridato al vento.

«Capisco l'importanza della questione ma non riesco ancora a capire perché proprio io...».

«Astral, quel mago era Landen. Tuo padre».

Molti anni prima, nelle remote terre di Oblivium, l'ascesa di Aron al comando dei Dorfan fu avvolta in una storia di segreti, tragedie e una eredità magica senza pari. Aron, un mezzelfo nato da una relazione clandestina tra suo padre Kurt e un'umana, portava con sé un destino che avrebbe sconvolto la tradizione familiare.

Da sempre la loro dinastia era stata a capo della setta, e i nomi di Kurt e Aron si erano alternati per secoli e secoli, sino ad arrivare a lui, XIV del suo nome. Eppure, in qualche modo, primo del suo rango ad essere impuro, un mezzelfo. Tutto ciò che i Dorfan volevano estirpare da Oblivium.

La madre di Aron, vittima di una tragica fine per preservare il segreto della sua esistenza, lasciò un vuoto doloroso nella sua vita. I sospetti all'interno della setta che il figlio di Kurt XIV fosse impuro cominciavano a rimbalzare sui muri. Per tutti era figlio di Garadel, moglie di Kurt. Ma ella, di sangue elfico, purtroppo non riusciva ad avere figli. Kurt XIV, sempre più affranto dal non poter dare avere un erede, finì per lasciare incinta la propria serva, Mirah. Un'umana.

La gravidanza venne portata avanti in gran segreto, e quando Aron venne alla luce venne annunciato come figlio di Kurt e Garadel, il legittimo erede al trono. Puro di sangue come i suoi ventisette predecessori.

Ma il cuore di una madre è una stella a cui non è possibile smettere di brillare, e crescendo Aron scoprì la verità. Suo padre, preoccupato che la notizia potesse sfuggire al suo controllo, uccise Mirah, fingendo una tragedia a cui Aron non aveva mai creduto.

Crescendo, suo padre si preoccupò di educarlo affinché un giorno fosse pronto a prendere il suo posto. La sua ascesa al comando dei Dorfan, nonostante le resistenze, si rivelò un cammino fatto di prove e rituali intensi. Aron dovette dimostrare la sua devozione a Kabador e la padronanza delle arti oscure.

Solo quando fu considerato pronto, suo padre gli rivelò l'esistenza delle pietre del sigillo. Otto pietre dai poteri pressoché illimitati. Gli disse di possederne sette, una sola non era mai stata trovata dalla loro casata nelle loro ricerche che si tramandavano di generazione in generazione e si predavano nelle notti dei tempi. La pietra della luce, attorno alla quale si annidavano miti e leggende. Pare che fosse la prima che avevano rinvenuto, e che un loro antico antenato avesse provato a sfruttarne i poteri, finito per esserne consumato.

Le altre sette invece brillavano davanti a lui.

La pietra dell'oscurità. La pietra delle sabbie. La pietra dell'acqua. La pietra del fuoco. La pietra della terra. La pietra del tuono. E infine...

«La pietra del vento. Come segno del mio riconoscimento per la tua maturità raggiunta, questa l'affido nelle tue mani».

Aron la vide brillare tra le sue dita, e un fiume di potere e follia lo pervase. Ripensò a sua madre. Alla sua vera madre. Mirah. E l'istinto agì per lui. Adesso che suo padre non aveva più nulla da offrirgli, poteva compiere la sua vendetta. La sua mano corse all'elsa del pugnale, e in un attimo se la ritrovò grondante di sangue. Puro sangue elfico, quello che avrebbe dovuto avere lui. Un gesto causato da un tormento, una contorta contraddizione per il bene a una madre colpevole di averlo messo al mondo pur appartenendo a un'altra razza. Così la sua era iniziata. L'indomani si autoproclamò nuovo luogotenente di Kabador. Aron XIV.

Quando scoppiò la guerra, vide un'opportunità unica per compiere il suo destino. Per farlo, si sarebbe dovuto separare dalle pietre. Ma solo temporaneamente. Tutte, tranne una.

Aron XIV si riscosse, tornando con la mente al presente, allo scambio appena avuto con Adares. La mano estrasse dalla tasca una pietra verde viridiano, brillante come uno smeraldo. Le sue dita giocarono con essa, prima di riporla nella tasca.

«*Guardate sta aprendo gli occhi…*».

L'immagine inizialmente sfocata cominciò a diventare sempre più nitida, man mano che gli occhi si abituavano alla tenue luce bluastra che lo circondava da ogni direzione. La faccia sorridente di un piccolo bambino dai capelli blu che fluttuavano verso l'alto gli provocava un forte senso di smarrimento.

«*Dove mi trovo?*». Senza neanche rendersene conto rispose nella lingua con cui il bambino si era appena espresso, una lingua che, nonostante non parlasse più con costanza ormai da un po' di anni, non si era mai dimenticato.

«*Correte, correte! L'elfo ha ripreso conoscenza…*».

Lert continuava a guardarsi intorno. L'ultima cosa che la sua mente riusciva a ricordare era la sua missione. Stava per tornare dal suo generale a cui doveva riferire la scoperta che aveva appena fatto. Stava navigando, era a non più di due giorni di distanza dalla sua meta. Ma cos'era successo? Perché adesso si trova in quello strano posto?

Intorno a lui tutto era deformato, le immagini, i suoni... più cercava di orientarsi, più un forte senso di vertigine gli faceva girare la testa. Nel toccarsi la fronte, per il forte senso di spaesamento che provava, si rese conto di avere una fasciatura che gliela circondava. Due gocce di sangue gli rimasero sul palmo della mano.

Fluttuando in quel mondo circondato dal blu, Lert, ancora dolorante e non del tutto cosciente, si sentì sempre più disorientato, mentre altri si accalcavano per vedere l'elfo che si stava lentamente riprendendo. Fra quelle decine di facce che lo scrutavano con un'incerta miscela di preoccupazione e sollievo, Lert ne riconobbe una in particolare, e improvvisamente tutto diviene chiaro.

«Lisa...».

«Shshshshsh... nelle condizioni in cui ti trovi non ti devi affaticare... avanti, qui non c'è niente da vedere. Tornate pure ai vostri impegni, ci penso io a Lert...».

Nel vedere tutti quanti allontanarsi lentamente da lui, l'elfo si sentì più sollevato nel non essere più al centro dell'attenzione. Lo sguardo dolce di Lisa gli fece dimenticare tutti i problemi legati alla sua missione, facendogli tornare alla mente suggestivi ricordi...

Per un attimo si rivide giovane, quando la sua passione per il mare lo aveva spinto a imparare la lingua delle sirene e ad intraprendere una vita in mezzo al mare. Ogni giorno conosceva nuovi abitanti di quello splendido popolo acquatico ed era sempre più entusiasta di quella vita. Poi, in una splendida giornata di primavera, era successo. Dall'alto del suo scoglio situato a più di tre miglia dalle coste di Acquaris, mentre stava intrattenendosi con alcune sirene, dall'oceano era spuntata la creatura più bella che avesse mai visto. Un viso angelico contornato da lunghi capelli blu, che a tratti sfumavano in alcune tinte bellissime, assumendo, a seconda della luce che li illuminava, tonalità più tendenti all'azzurro o al viola. I suoi grandi occhi blu sembravano brillare di luce propria.

Col tempo i due, seppure con i limiti che le circostanze imponevano, si erano frequentati sempre più spesso. Fra di loro si era instaurata una splendida sintonia, fino a quando, un giorno, si erano resi conto di essere innamorati l'uno dell'altra.

Tuttavia, entrambi erano consapevoli che il loro era un amore impossibile. Il loro effluvio di sentimenti non sarebbe mai potuto sbocciare in qualcosa di concreto; il loro amore sarebbe stato solo e perennemente platonico. In verità una possibilità c'era: se avessero trovato un mago abbastanza bravo da trasformare uno dei due nella specie dell'altro, allora si sarebbero potuti amare, sposare. Ma un mago che faceva al caso loro non lo avevano mai trovato. A dirla tutta, poi, forse non lo avevano neanche cercato. Perché nonostante il profondo amore che li legava, l'idea di abbandonare per sempre le proprie origini, la propria terra e la propria vita risultava un dilemma insormontabile.

I due avevano finito per frequentarsi sempre di meno, fino a quando l'arruolamento di Lert nelle fila del generale Yago aveva costretto l'elfo a lasciare la ragazza che tanto aveva amato. Così, quel bacio rubato in una notte stellata di fine estate era rimasto l'unico segno del loro amore, prima che le loro strade si dividessero.

«*Lisa, non sai quanto sia contento di rivederti… è passato così tanto tempo…*».

«*Già, sembra ieri che eravamo ragazzi… comunque vedo che non sei cambiato affatto… sei sempre a cacciarti nei guai…*».

«*A essere sincero, però, questa volta non so nemmeno come ho fatto… insomma, mi ricordo solo che…*».

La voce debole, resa ancora più attutita dal luogo in cui si trovava, sfumò nelle profondità dell'oceano.

«*Sinceramente non sei stato molto saggio a voler attraversare l'oceano con quella piccola barca. Probabilmente l'albero non ha retto alla forte tempesta che si è abbattuta sull'oceano. La tua barca è affondata e se non fosse stato per mio padre, che per puro caso aveva assistito alla scena, probabilmente non ci saresti più…*».

Come un lampo i ricordi tornarono nella mente dell'elfo.

Non era stato per colpa del vento che il suo albero si era spezzato. Aveva legato l'estremità della corda con cui aveva catturato la sua preda all'albero. Probabilmente era più grossa di quanto avesse pensato. Con un forte strattone era riuscito a spezzarne la base, facendo affondare la sua barca. Con ogni probabilità era proprio in quel frangente che si era procurato la ferita alla testa.

Decise di omettere questa parte a Lisa. Rivedendola dopo tanto tempo, avrebbe desiderato parlarle decisamente di altro. Inoltre, parlare gli costava una grande fatica oltre che ad accentuargli il mal di testa.

«*Ma dove mi trovo di preciso in questo momento?*».

«Sei oltre duecento braccia sotto il livello del mare. Forse non lo sai, ma da quando non ci siamo più visti io sono diventata un'ottima maga. Ho creato una bolla d'aria in cui tu in questo momento sei inserito all'interno. In questo modo ho potuto anche medicarti le ferite...».

«Sorprendente... ho sempre saputo che avevi del talento...» disse Lert con occhi dolci. «Da quanto tempo mi trovo qui?».

«Circa tre fiamme di drago. Purtroppo, l'ossigeno che hai a disposizione ti permetterà di rimanere là dentro al massimo solo per un'altra fiamma».

«E poi? Voglio dire, la mia barca...».

«Tranquillo... mentre io ti stavo curando, un paio di volontari si sono offerti per ripararartela. Appena abbiamo saputo chi era lo sventurato caduto in mare non abbiamo avuto problemi a trovare due buone anime per rimettere in sesto la tua barca. A quest'ora sarà sicuramente già pronta».

«Vi ringrazio, io...».

«Sai, in fin dei conti sono contenta che quello sventurato fossi tu».

Un significativo silenzio calò a più di duecento braccia di profondità.

«Lert, in questi anni io non ho mai smesso di pensarti. Credevo che il tempo mi avrebbe aiutato a dimenticarti, a farmi una vita senza di te. Ma non è stato così. Più andavo avanti, più mi accorgevo che senza di te tutto quel che facevo era inutile, perché non potevo condividerlo con la persona che amavo...».

«Lisa, per me sai che vale la stessa cosa. Ma non possiamo negare l'evidenza, noi siamo...».

«*Diversi. Ma in questi anni mi sono impegnata affinché questo non fosse più essere un problema. Lert, sono riuscita a trovare la formula per essere uguali*».

«*Capisco, però vedi… io non posso lasciare la mia terra. Ho una missione da portare a termine e una volta conclusa ne avrò sicuramente molte altre…*».

«*Questo non è un problema. Lert, non voglio che tu diventi una sirena. Non chiederei mai una cosa simile alla persona che amo. Diventerò io un elfo*».

«*Stai dicendo sul serio?*» Lert quasi non riusciva a credere alle proprie orecchie appuntite.

«*Voglio dire… è una notizia fantastica! Sai, inizio anch'io a essere contento di essere affondato… credevo che il nostro amore non si sarebbe mai potuto realizzare, invece…*».

Prima che potesse finire la frase, la sagoma di Lisa entrò dentro la bolla d'ossigeno e le sue labbra andarono a posarsi su quelle di Lert. Dopo un lungo bacio, i due si scambiano un tenero sguardo.

«*Ti amo…*» sussurrò lievemente Lisa.

«*Ti amo anche io. Con tutto il mio cuore. E non vedo l'ora di passare la mia vita con te*» Poi lo sguardo di Lert tornò serio. «*Prima però devo portare a termine la mia missione. È di vitale importanza*».

Benché fosse stato abituato a non parlare neanche sotto tortura, le raccontò per filo e per segno l'incarico che gli era stata attribuito, compreso quello che aveva scoperto. In fondo, non aveva mai avuto modo di dubitare della sua fiducia. O forse, più semplicemente, il suo ritrovato amore gli aveva fatto perdere di vista tutti i problemi e le preoccupazioni che si portava dietro, e condividere quel fardello valeva scusarsi per doverla salutare così in fretta.

«*Per questo dovrai aspettare qui il mio ritorno. È troppo rischioso portarti con me, ma ti giuro che al massimo fra due mesi sarò di ritorno. Allora, potremo finalmente coronare il nostro sogno…*».

Sotto i primi baci del sole, una fiamma più tardi, la piccola vela, sospinta da un segreto destino, danzava di nuovo verso le coste di Ignis.

Atterrati nella valle di Kamirius, ai confini con il regno di Ignis, Astral scese ancora disorientata dall'imponente drago. Le colline verdi si estendevano fino all'orizzonte, punteggiate da antichi alberi e profonde insenature. La pioggia insistente danzava tra i rami degli alberi, creando un ritmo costante di tamburi nella valle. Da sempre quella era stata la dimora di Negash, il luogo nel quale viveva solo con la sua immensa e sconfinata libreria; il luogo nel quale aveva studiato la magia ed elaborato pozioni. Il ticchettio regolare accompagnava la loro discesa, un'orchestra naturale che amplificava l'atmosfera di mistero.

La torre di Negash era una meraviglia architettonica, unica nel suo genere. Era costruita con un materiale sconosciuto, di colore bianco e lucente, che rifletteva la luce del sole e della luna. La sua forma era quella di un cono rovesciato, che si allargava man mano che si alzava, fino a raggiungere una larghezza impressionante alla sommità. Era circondata da una scala a spirale che arrivava fino alla sommità della torre, dove si apriva una cupola di vetro che mostrava il cielo stellato. Mentre Arfox si acciambellava per riposarsi dopo il lungo viaggio, Negash condusse Astral verso l'ingresso.

Giunti in prossimità della torre, Astral intravide un grande portone di legno stagliarsi davanti a loro. Una volta aperto, lo stregone le fece segno di entrare. La giovane maga non si stupì nel vedere pozioni e unguenti di ogni genere; in fondo alla stanza vide un tavolo da lavoro su cui era appoggiato un libro aperto, accanto una penna intinta nel calamaio: con ogni probabilità una ricerca dello stregone su nuova pozione. Dirigendosi verso una piccola porta situata sulla destra della stanza, Negash vi entrò con passo deciso, precedendo Astral lungo una stretta scala, illuminata solo da qualche torcia di tanto in tanto. Non abbastanza, secondo Astral, obbligata a sforzare la vista per non cadere. Il percorso non durò molto, presto Astral si trovò in una nuova stanza. Qui non vi era traccia di alcun libro, ma miriadi di ampolle contenenti sostanze dei più svariati colori stipate in centinaia di scaffali. Ogni ampolla aveva un'etichetta che ne indicava il contenuto: avvicinandosi a una di un intenso colore scarlatto, vi lesse: «sangue di drago».

Da quando il mago le aveva rivelato che la notizia che doveva darle riguardava suo padre, Astral non era stata più in grado di dire nulla.

Nel mare di colori nel quale si trovava adesso, la nebbia di incredulità che la stava avvolgendo iniziò a diradarsi, facendola tornare alla realtà.

«Visto che siamo arrivati, vorrei...» le parole di Astral vennero interrotte bruscamente da un segno della mano di Negash, che le fece nuovamente segno di seguirlo.

Attraversando la stanza, lo stregone raggiunse un'altra porta situata nella parte opposta. Una volta varcata, Astral si stupì di trovarsi nuovamente all'esterno. Il piccolo balcone nel quale si trovava, a circa cinque braccia d'altezza, era situato ai piedi di un'imponente scalinata che, cingendo la torre come un serpente avvinghiato in un ramo, arrivava fino alla sua sommità. Astral si aggrappò al cappuccio, scrutando il panorama sotto la pioggia. 'Padre', pensò, 'cosa avevi scoperto che hai dovuto pagare con la tua vita?' La domanda echeggiò nella sua mente come un tuono lontano.

Durante il percorso che conduceva Negash e Astral alla sua sommità, il silenzio tra i due veniva interrotto soltanto dai colpi secchi del bastone dello stregone tra uno scalino e l'altro. Salendo, Astral notò strani artefatti magici incastonati nei muri. Sullo sfondo, il dolce ticchettio della pioggia. Lo stesso ticchettio che c'era il giorno che il destino le aveva portato via suo padre. Chissà cosa aveva scoperto... chissà perché era stato ucciso... forse quegli eventi erano collegati fra loro... forse dopo otto lunghi anni a porsi interrogativi avrebbe finalmente ottenuto quelle risposte che desiderava così ardentemente da ormai troppo tempo.

Mentre saliva la stretta scalinata vide nuovamente il mondo rimpicciolirsi sotto di lei man mano che si avvicinava alla sommità della torre, situata a quasi quattrocento braccia da terra e, in quel momento, nascosta da una grigia coltre di nubi.

Guardando in basso vide Arfox sempre acciambellato, ormai poco più grosso di un pugno. Spaziando con lo sguardo oltre il fiume, si rese conto dell'ampiezza dell'accampamento dell'esercito alleato; la loro posizione arretrata verso ovest intensificò ulteriormente la consapevolezza di quanto l'offensiva nemica si fosse consolidata negli ultimi tempi. Quasi con rassegnazione, si chiese se quell'inferno sarebbe mai finito. Un tuono lontano sembrò risponderle.

L'ultimo tratto di navigazione era passato molto velocemente a Lert. Osservando l'alba dai toni rosei dipingere magnifici riflessi sull'oceano, lui e la sua imbarcazione avevano ripreso il viaggio verso Ignis. Ma fino a quando non gli erano apparse all'orizzonte le coste del regno, i suoi pensieri erano stati incapaci di pensare a qualsiasi altra cosa che non riguardasse Lisa. Si era imposto di concentrarsi sulla missione, per lo meno fino a quando il suo compito in quella storia non fosse finito. Poi, pur continuando a dedicarsi all'esercito, avrebbe messo al primo posto, sopra ogni cosa, il suo amore per la splendida sirena che gli aveva rapito il cuore. In fondo, non aveva mai avuto grandi pretese: una piccola casa in riva all'oceano, una moglie da poter amare, un figlio da poter crescere… e magari un piccolo cane scodinzolante… niente di più.

Ma il tempo in cui viveva trasformava anche queste semplici cose in una chimera, così che l'unica cosa a cui si era potuto dedicare negli ultimi anni era la cruda realtà della guerra.

Morte e orrore erano il pane quotidiano; l'amore solo un lusso che non ci si poteva concedere.

Così, il fatto che dopo tanto tempo era riuscito a provare quei sentimenti, gli aveva fatto tornare alla mente tanti bei ricordi e immaginare un futuro insieme alla donna che amava, illudendosi che neanche la guerra avrebbe potuto rovinare il loro amore.

Le coste di Ignis gli avevano fatto tornare la mente alla realtà. I sogni avrebbero dovuto aspettare. Prima c'era una missione da portare a termine. Una missione estremamente importante, da cui dipendevano le sorti di Oblivium.

Approdato su una piccola spiaggetta a sud-ovest del regno, mandò la piccola zattera alla deriva, affinché nessuno notasse che era passato da lì e s'insospettisse. Preso lo stretto necessario per la fine del viaggio, s'incamminò verso ovest dove, nel regno di Luxis, il generale Yago e gli altri lo stavano aspettando.

Dopo venti giorni di cammino ininterrotto cominciò a intravedere, all'orizzonte, il confine alberato con le terre di Luxis. Ormai stanco, decise di accamparsi per la notte per recuperare un po' di forze. All'indomani avrebbe portato a termine la missione.

Accese un falò con destrezza, osservando le fiamme danzare sotto il cielo stellato. Mentre il calore del fuoco gli avvolgeva il corpo esausto, la mente si lasciò vagare tra i ricordi. Ripensò a Lisa, la creatura dalle onde incantate che aveva ritrovato lungo la sua avventura. Il suo volto apparve tra le fiamme, il fuoco divenne l'oceano. Il vento portò con sé il suono distante delle onde, creando un'atmosfera magica attorno al falò. Le crepitanti lingue di fuoco danzavano come se volessero raccontare storie di mondi sconosciuti.

Con lo sguardo fisso verso il confine alberato di Luxis, sapeva che la sua destinazione si trovava appena al di là di quella linea sfumata. Nonostante la stanchezza, un misto di emozione e determinazione lo teneva sveglio. Si avvolse nella sua coperta logora, fissando il cielo notturno. Le stelle sembravano essere le compagne silenziose delle sue avventure, e mentre il fuoco ardeva, sognò di abbracciare il suo destino con la stessa intensità con cui avrebbe abbracciato la sua amata sirena sotto il chiaro di luna.

Mentre i suoi pensieri erano avvolti nell'immagine del suo amore, le sue lunghe orecchie elfiche captarono un familiare rumore in lontananza, come il tendersi della corda di un arco.

Vedendo la faccia di Lisa svanire tra le fiamme, volse lentamente la testa verso l'alto...

Prima che Astral entrasse nella stanza, il crepitio delle torce sui muri danzava nell'aria, accompagnato dal sottile odore di cera fusa. Il pavimento freddo sussurrava sotto i suoi passi, trasmettendole la solennità del luogo. L'ultimo piano della torre si presentò agli occhi della maga come una piccola stanza illuminata all'interno solo da tre piccole torce. Osservando una finestra, scorse la luna occultarsi da strati di nubi che stazionavano sopra di loro. La maga rimase interdetta nel vedere la stanza: non uno scrittoio, una pozione, un libro; completamente vuota.

«Bene, finalmente siamo giunti sulla sommità della torre».

A rompere per primo il silenzio fu la voce grave di Negash.

«Vedi, se ti ho fatto venire fin quassù c'è un motivo ben preciso. In questi anni ho sviluppato una capacità di guardare indietro nel tempo, facoltà propria delle àugure. Tuttavia, le mie possibilità sono ben più limitate di una normale àugura. Non potendo fidarmi di nessuno per l'importanza della questione, ho dovuto creare un ponte per poter scrutare tuo padre nel passato e capire cosa avesse scoperto».

Astral ascoltava attentamente, cercando di comprendere la portata di quanto gli stava rivelando lo stregone.

«Ebbene, in questa stanza vi è un ponte intertemporale che ho creato unicamente per riuscire a vedere cosa facesse negli ultimi mesi della sua vita. A questa altezza le nuvole avvolgano costantemente la sommità della torre; mi è bastato scatenare un semplice temporale per creare l'energia sufficiente affinché abbia potuto attuare il collegamento. E dato che anche i muri hanno orecchie, ho sigillato la stanza con un incantesimo, così che nessuno possa o potrà in futuro vedere ciò che ho visto io».

Gli occhi di Astral, inchiodati su quelli di Negash, si riempirono di un lucido malcelato, una triste melodia di ricordi che la travolgeva; la notizia che quell'uomo davanti a lei avesse visto gli ultimi mesi di vita di suo padre le suscitò un misto di dolore e speranza che le riempì il cuore.

«Allora, tu sai cosa aveva scoperto mio padre...» riuscì infine a dire con un filo di voce.

«Non è così semplice. In questi ultimi sei mesi ho seguito passo dopo passo le ricerche di tuo padre, giunte a termine il terzultimo giorno della sua vita. Landen non era uno stupido. La paura che qualcuno avesse potuto vedere, come me, il risultato delle sue scoperte, lo aveva indotto a proteggere la stanza in cui lavorava con un incantesimo. Ho provato più volte a vedere cosa fosse accaduto nello spazio di tempo protetto dall'incantesimo, ma purtroppo l'esito è stato sempre il medesimo. Le immagini che vedevo e i suoni che udivo erano sempre distorti e incomprensibili».

«Quindi non riusciremo mai a scoprire il suo segreto...».

«Non è detta l'ultima parola. Ed è proprio per questo che tu adesso sei qui con me in questa stanza».

«Ma io non sono in grado di...».

«Aspetta prima di trarre conclusioni affrettate. Ho rivisto molte volte gli ultimi attimi di vita di tuo padre. Subito dopo che viene assassinato, prima che tu lo raggiunga, con le ultime forze rimaste riesce a dire una parola: *turchese*... Mi sono interrogato molto sul significato di questa parola e forse potrei essere riuscito ad arrivare a una soluzione...».

Mentre l'espressione di Astral si riempiva di speranza, Negash, accarezzandosi la barba, si apprestò a proseguire.

«La soluzione sei tu, Astral. *Turchese* altro non è che il colore dei tuoi occhi. Il sigillo che ha imposto tuo padre non è invalicabile; ma *solo* tu puoi vedere, o meglio, *solo* i tuoi occhi possono vedere ciò che tuo padre aveva scoperto».

«Ma io non sono in grado di scrutare il passato...».

"Tu no, ma io sì" disse inchinandosi leggermente, lo sguardo penetrante fisso su Astral. "Tu sarai i miei occhi, il ponte che mi permetterà di vedere il lasso di tempo in cui tuo padre potrebbe aver fatto la scoperta più importante degli ultimi cento anni. Mi basterà metterti una mano sulla spalla per trasferirti le mie facoltà, ma ricorda: sei tu che in base ai tuoi pensieri potrai decidere il lasso di tempo da scrutare. Quindi è essenziale che ti concentri sul terzultimo giorno della sua vita. Ma ricorda: durante tutto il processo è essenziale che tu tenga gli occhi serrati. Anche un solo secondo di contatto visivo con la realtà circostante potrebbe esserti causa di cecità permanente".

Con la mente ancora confusa, mentre assorbiva il colpo appena subìto, l'emozione di rivedere ancora una volta il suo amato padre la travolse in pieno mentre la sua dolce pelle veniva solcata da una lacrima.

«Ok, sono pronta» rispose infine, ostentando una sicurezza che in realtà non aveva.

Il mago le fece un segno di assenso con la testa. Poi, mentre entrambi chiudevano gli occhi, le appoggiò la sua ruvida mano sulla spalla: un formicolio le percorse la pelle, come piccole scintille di energia. La stanza tremò leggermente, reagendo alla magia che danzava nell'aria. Era come se il tempo stesso si piegasse sotto il peso delle arti arcane, preparandosi a rivelare i segreti sepolti nel passato.

D'un tratto, il mondo intorno a lei si contorse, diventando distorto e irreale. Concentrandosi sugli ultimi giorni di vita del padre, le immagini, dapprima confuse, presero lentamente forma, delineando figure sempre più nitide e definite.

Mentre i duri lineamenti del padre prendevano forma, entrambi fissarono con attenzione la scena che si propinò negli alvei delle loro menti.

Il sole è tramontato dietro i monti lasciando il regno alla luna, alta e luminosa nel cielo. L'uomo immerso nella lettura di un grosso e antico libro, la fioca luce lunare che entra dalla piccola finestra e un cero acceso sulla scrivania sono le uniche e deboli fonti di luci che illuminano la stanza, disegnando bizzarre ombre che si inseguono sui muri.

Astral riconosce all'istante quel vano, ma ancor prima la persona che vi è dentro. Anche di spalle, la corporatura snella e i capelli brizzolati dal tempo non lasciano dubbi alla maga.

Nel rivedere dopo tanto tempo suo padre, il cuore di Astral si stringe impietosamente, facendole provare un senso di tristezza e impotenza al tempo stesso. Tuttavia, sa che quello non è certo il momento adatto per lasciarsi trasportare dai sentimenti. Respingendo con determinazione le lacrime che vorrebbero accarezzargli la sua dolce pelle, scaccia dalla testa ogni sentimentalismo e si appresta ad osservare la scena attentamente.

L'uomo legge il vecchio libro aperto sulla sua scrivania. Di tanto in tanto lo sfoglia velocemente per poi soffermarsi nuovamente su alcuni punti. Il manoscritto è posto davanti all'uomo e l'angolo visuale non permette di riuscire a capire cosa vi sia scritto. A lato vi è una pergamena con su scritte alcune righe; a intervalli più o meno regolari, l'uomo smette di leggere per riportarvi degli appunti. La penna intinta di inchiostro corre veloce sul giallo della pergamena, fino a quando l'uomo non finisce di trascrivervi i preziosi dati raccolti.

Dopo averla arrotolata e sigillata con un marchio rosso di cera, inizia una breve litania che, accompagnata da un gesto della mano, fa avvolgere tra mille fiamme verdi l'antico tomo. Bastano pochi secondi perché di questo non via sia più traccia; la penna intinta nel calamaio e il rotolo di pergamena restano così gli unici oggetti riposti sullo scrittoio.

Si alza dalla sedia e si avvicina lentamente a una piccola libreria attaccata alla parete. Con un piccolo sforzo riesce a spostarla di qualche palmo; poi, con un banale sortilegio, fa staccare una pietra dalla parete, facendola fluttuare in aria con un gesto della mano. Mentre mantiene la pietra a mezz'aria, con l'altra mano afferra la pergamena e la colloca nel vano appena creato; quindi, ripone la pietra al suo posto.

Mentre si appresta a rimettere a posto anche la libreria, qualcuno bussa alla sua porta.

«Papà?» domanda una squillante voce familiare dall'altra parte della porta.

«Un attimo... arrivo subito...».

Finito di rimettere tutto al proprio posto, l'uomo apre la porta. Una giovane Astral piena di vita varca la soglia per andare a salutare il padre. Dopo averlo abbracciato gli racconta per filo e per segno come ha trascorso la giornata, specificando con dettagli carichi di entusiasmo tutte le nuove magie apprese.

Nella mente di Astral quelle erano soltanto parole sorde, perse nei meandri della sua testa; incapace di sentire e di vedere qualsiasi altra cosa che gli occhi del padre; quegli occhi che si riempivano di felicità e di orgoglio sempre di più man mano che la ragazza proseguiva nel suo racconto, fino quasi a diventare lucidi, tanto era l'affetto che provava per la sua *bambina*.

I suoi occhi chiusi cominciarono a stringersi con violenza, tenere sotto controllo i suoi sentimenti le rimaneva sempre più difficile. L'immagine nella sua testa iniziò a deformarsi, lasciando spazio solo a immagini brevi e confuse.

Da ultimo si rivede in ginocchio. Le mani intrise delle lacrime e del sangue del padre sorreggono dolcemente la sua testa. I suoi occhi si sbarrano, ma una lacrima riesce comunque a sfuggire come a volerla salutare.

Nel rivedere gli ultimi strazianti istanti di vita del padre, i suoi occhi spegnersi lentamente per non vedere mai più la luce del giorno, le palpebre di Astral si strinsero ancora con più forza, fino a farle male, mentre un fiume di lacrime le solcava il viso.

Sentendosi alleggerire una spalla, Astral vide dissolversi la scena in un dipanarsi di colori; poi, il buio.

Riaprendo gli occhi, intravide Negash davanti a lei, sfocato un po' per il pianto e un po' per aver tenuto a lungo gli occhi chiusi. Prima che potesse dire qualcosa, lo stregone l'abbracciò paternamente.

Appoggiò la testa nella sua lunga barba bianca; e si lasciò andare in un pianto sfrenato, come ormai non le succedeva da tanto, forse troppo, tempo.

Nascosto tra le fronde degli alberi, appollaiato su un ramo di una secolare sequoia a più di venti braccia da terra, Lysander aspettava con pazienza la sua vittima.

Come al solito era stato più che scrupoloso nei dettagli: l'arma scelta per uccidere la vittima era l'arco, così si era portato tre frecce la cui punta era stata cosparsa di un potente veleno. Una freccia sicuramente sarebbe stata più che sufficiente, ma gli imprevisti nel suo lavoro non potevano escludersi. È per questo che aveva deciso anche di avvelenare la punta delle frecce; nel caso in cui non fosse riuscito a centrare un punto vitale della sua vittima, anche solo una piccola escoriazione superficiale sarebbe stata una condanna a morte certa. Il cuore della vittima avrebbe smesso di battere per sempre in non più di cinque respiri di drago.

Dentro la fodera dello stivale, poi, non poteva mancare il suo fido pugnale, unico ricordo di suo padre, dal quale non se ne separava nemmeno quando dormiva.

Nulla di più. Questo era sufficiente per portare a termine il suo incarico. Il resto l'avrebbe fatto la sua esperienza e la sua abilità.

Aveva avuto indicazioni ben precise sul luogo da cui sarebbe passata sicuramente la persona in questione. Un po' meno preciso era stato invece il suo mandante nel dirgli *quando* sarebbe passata. Benché colui che gli aveva fornito l'incarico sembrasse molto potente e informato sui minimi dettagli, al momento di dirgli il giorno in cui l'uomo sarebbe passato in quel posto era stato molto vago, indicando uno spazio di tempo che ricopriva ben otto giorni. La notizia non aveva certo fatto piacere a Lysander: nella peggiore delle ipotesi sarebbe dovuto stare appollaiato sopra un albero per più di una settimana, vivendo solo di qualche provvista e riducendo le fiamme di sonno quasi a zero.

Probabilmente in pochi avrebbero accettato quell'incarico. Ma il suo grande addestramento e la profumata ricompensa che gli era stata promessa lo avevano reso più che disposto ad affrontare la sfida.

Così, adesso, si trova in quella scomoda posizione da ormai più di sei giorni, ma della sua vittima neanche l'ombra.

A un tratto, però, qualcosa attirò la sua attenzione... allungando lo sguardo, vide un uomo in lontananza venire verso di lui. Prese immediatamente l'arco, attento a non fare il benché minimo rumore, e incoccò una freccia. Mentre questi procedeva verso di lui, Lysander cominciò a scrutarne i particolari, cercando di capire se si trattasse effettivamente della sua preda. Il giallo mantello che gli scendeva dal collo era il primo indizio; l'arco che si intravede da dietro le sue spalle, il secondo. Ancora troppo poco. Il suo lavoro non prevedeva errori. Doveva essere sicuro che fosse quella la sua vittima; doveva essere sicuro che si trattasse di un elfo.

Sciaguratamente, una grossa fasciatura che gli cingeva la testa non gli consentiva di vedergli le orecchie, quella che sarebbe stata la prova definitiva che si trattava della persona da uccidere.

La decisione andava presa in fretta. Lysander aveva avuto indicazioni ben precise a riguardo. La vittima sarebbe dovuta morire nel punto designato, non una braccia più in là. Mentre una goccia di sudore calava dalla sua fronte, le braccia tese pronte a scagliare la freccia, accadde una cosa inattesa. L'uomo decise di fermarsi proprio in quel punto per riposarsi. Un dono inaspettato: avrebbe avuto molto più tempo per verificare se fosse davvero la sua vittima, senza dimenticare che un bersaglio immobile è di gran lunga più allettante di uno in movimento.

Mentre l'osservava accendere un piccolo falò per arrostire qualche bacca, i suoi occhi indagavano selvaggiamente su di lui, cercando di rubare anche un minimo particolare. Fu in quel momento che lo vide... la testa non era fasciata in modo perfettamente orizzontale, la benda era leggermente inclinata. Scrutando l'altra parte della testa si accorse che una parte dell'orecchio fuoriusciva dalla fasciatura.

Bastò una rapida occhiata per sciogliere ogni dubbio: tre indizi integravano la prova definitiva di cui aveva bisogno.

Mentre si apprestava a scoccare la freccia, si soffermò per un ultimo istante sulla sua vittima: a differenza della maggior parte delle persone che avevano incontrato il buio eterno per mano sua, questi non era affatto il classico signorotto scomodo da essere eliminato; si trattava piuttosto di un guerriero, una vera rarità. Non che ciò avesse grande rilevanza per lui.

Malgrado questo, osservando la sua espressione davanti al fuoco, indugiò ulteriormente prima di scagliare la freccia. Nei suoi occhi non vide le classiche persone vuote, prive di sentimenti e attaccate solo al denaro. Nei suoi occhi vide una vita, una felicità colorata da una grigia tristezza.

Provò una strana sensazione nel dover ucciderlo... una sensazione che aveva provato solo un'altra volta in vita sua, quando stava per portar a termine il suo primo incarico. Sorprendendosi a riflettere quali potessero essere gli ultimi pensieri della sua vittima, il piede d'appoggio scivolò leggermente, facendogli spezzare un ramoscello secco.

L'elfo, allertato dal rumore, volse lentamente la testa verso di lui.

Lysander capì di aver indugiato fin troppo. Senza perdere altro tempo, scoccò la freccia...

«Se sarà concesso ad alcuno di porre sguardo su queste righe, è probabile che io non sia più fra i viventi.

Scrivo su questa pergamena come risorsa suprema nel caso in cui qualcosa dovesse andare storto, nell'intento di poterla distruggere una volta rivelato ciò che mi è dato conoscere.

La fonte del potere da cui le fazioni di Atis attingono il loro vigore è rinchiusa in potentissimi amuleti, le pietre del sigillo, come vennero chiamate nel momento della loro creazione, ciascuna delle quali conferisce enormi poteri a chi la possiede.

Esse vennero forgiate molti secoli or sono al fine di imprigionare un demone, Baster, che stava per distruggere l'intera Oblivium. Con il tempo ogni pietra assorbì una parte del suo spirito, caricandosi contestualmente di enormi poteri.

Esse non sono tutte uguali. Ognuna è stata caricata con una diversa magia elementale.

Questo, oltre che risolvere la provenienza delle strane creature che capeggiano le varie fazioni dell'esercito nemico, ne spiegano anche la loro eterogeneità.

Finché noi non possederemo neanche uno di tali amuleti, la guerra non potrà mai volgere dalla nostra parte. Ho motivo di credere che ancora una pietra non sia stata trovata, più precisamente la pietra con il potere elementale della luce. Se riuscissimo a trovarla e ad impadronircene prima dei nostri nemici, forse avremmo ancora una possibilità di vittoria.

Prima che prendiate qualsiasi decisione, devo però avvertirvi di una cosa: per poter utilizzare i poteri della pietra, il guerriero prescelto non dovrà far altro che incidersi una mano e far colare il suo sangue sopra la pietra.

Da quel momento la pietra sarà una parte inscindibile del suo corpo e della sua anima, in un vincolo eterno impossibile da sciogliere: un vincolo che nel giro di massimo due lustri lo porterà alla morte. Infatti, così come lo scopo iniziale delle pietre era quella di assorbire nel tempo lo spirito di un demone, adesso la sua energia assorbirà quella del suo possessore. Al sopraggiungere della morte, la pietra tornerà al suo stato originario, pronta per essere usata nuovamente.

Credo che la morte di un uomo, per quanto triste, sia un prezzo equo da pagare, se necessario, per poter mettere la parola fine a questa follia.

Un'ultima cosa: se gli eventi si sono svolti secondo le mie previsioni, a leggere questa epistola dovresti essere tu, Astral. Vedi, se ho lasciato un documento tanto importante nelle tue mani, non è soltanto perché sei mia figlia. Sebbene tu sia ancora molto giovane, credo molto nelle tue potenzialità, nei tuoi valori, ma soprattutto nella tua energia con cui affronti ogni situazione. E sono sicuro che saprai affrontare anche questa nel migliore dei modi, come hai sempre fatto.

Ti voglio bene.

Landen».

Mentre Astral leggeva la lettera, un antico incantesimo sul bordo della pergamena si attivò, rivelando brevemente il potere delle pietre del sigillo e il loro legame con un demone sepolto. La giovane maga si fermò per un istante, fissando la lettera. Un ricordo affiorò nella sua mente: suo padre, con i capelli scompigliati dal vento, le aveva insegnato a volare su Mapet, ridendo insieme sotto il cielo stellato.

Elphidia, rimasta sul ciglio della porta, vide prima la figlia, poi Negash, leggere una strana pergamena che, per qualche strano motivo, si trovava dietro la libreria.

Dopo che entrambi ebbero finito, Astral, curiosamente commossa, con un incantesimo distrusse la pergamena. Prima che potesse proferire parola, la figlia l'abbracciò affettuosamente con gli occhi ancora lucidi: «Mamma, non posso dirti nulla per adesso, ma devi fidarti di me. Andrò via per un po', ma tornerò. Ho bisogno che tu sia forte».

La madre la abbracciò con occhi preoccupati. «Torna sana e salva. Sarò qui ad aspettarti».

Elphidia uscì di casa sotto il cielo notturno di Oblivium, illuminato da due lune sospese in armonia. Una leggera brezza portava con sé l'odore delicato di fiori incantati; con la mente ancora stordita e con l'ansia per la sua bambina, Elphidia guardò il drago che la stava portando nuovamente via da lei. Due forti colpi di tosse le ricordarono il precario stato di salute in cui versava.

Rientrata in casa si inginocchiò davanti al letto e pregò: per sua figlia, per la sua salute, per le loro terre. Poi un nuovo attacco di tosse la sorprese. Doveva andare subito a prendere la panacea. La boccetta che la conteneva era riposta sopra il canterano, non molto distante da lei. Sforzandosi cercò di arrivarvi. Si avvicinò carponi a esso, ci si appoggiò. Per riuscire ad arrivare alla boccetta doveva però alzarsi. D'un tratto le gambe sembrarono esserle diventate di piombo, la gravità essere raddoppiata. La malattia che l'aveva colpita le provocava gravi atrofie muscolari; se non avesse preso costantemente la sua panacea non solo avrebbe rischiato di morire, ma anche di non muovere più un solo muscolo.

Con un ultimo sforzo provò ad arrivare alla boccetta, alla sua salvezza. Niente. Le gambe non rispondevano più. La salvezza era così vicina eppure così lontana. Capì che ormai era troppo tardi; abbandonata dalle forze, cadde a sedere, appoggiandosi a quel canterano che mai le era sembrato così alto. Si disse che le sue condizioni erano comunque pessime e che forse sarebbe stata solo questione di tempo. Le sarebbe però piaciuto vedere un'ultima volta sua figlia, Astral. Così la ricordò in groppa a un enorme drago che, spiegando le enormi ali, la portava via da lei. Il viaggio che invece stava per intraprendere lei era senza ritorno.

Una lacrima le rigò dolcemente il viso. Pensò alla sua bambina che volava libera nel cielo e un lieve sorriso le si stampò sulle labbra. Poi, il silenzio.

«Pensate che dovremmo rivelare al re ciò che abbiamo scoperto?». La voce di Astral quasi si perse nel rumore del vento, a più di cinquecento braccia d'altezza.

«Credo che ancora non sia saggio. Qualche spia potrebbe essere in agguato e noi al momento non ci possiamo fidare di nessuno».

«Allora cosa proponete?».

«Prima di tutto bisogna individuare e recuperare la pietra di luce. Se è vero che ancora non è nelle mani del nemico, bisogna riuscirci a ogni costo. Quando poi avremo trovata la persona adatta a cui affidarla, potremo rivelare tutto quanto e discutere un piano al Consiglio Supremo».

Il vento confondeva il bianco dei capelli con quello della barba dello stregone, mentre gli occhi di Astral erano a malapena aperti per combattere le folate d'aria.

Per qualche istante la ragazza si soffermò a pensare alla situazione, guardando le soffici nubi scivolare via sotto di lei.

Non riusciva ancora a credere a quello che stava vivendo. O forse non se ne rendeva conto fino in fondo. Benché negli ultimi anni ormai si fosse preparata a tutto, tutto ciò andava oltre.

Invero, la notizia in sé era già sconvolgente: ma il fatto che adesso l'unica a saperlo fosse lei, e che, a rivelarglielo, fosse stato suo padre, morto ormai otto anni fa, era veramente un boccone difficile da mandar giù tutto d'un colpo.

Il suo sguardo si perse all'orizzonte, dove il cielo iniziava a tingersi d'un rosso-arancio, segnando il tramonto che calava lentamente davanti a loro. Eppure, i suoi occhi non vedevano ciò che guardavano.

Ripercorse con la testa tutti i momenti di quella giornata; già, quello che le era sembrato un tempo incalcolabile era rinchiuso in realtà all'interno di una sola giornata. Era difficile realizzare come in solo poche fiamme di drago la sua vita, i suoi pensieri, le sue prospettive, fossero cambiati tanto.

Di una cosa sola era certa: tutti gli sforzi del padre non sarebbero dovuti rimanere vani. E sarebbe stata lei in prima persona a mettersi in gioco per riuscirci.

Suo padre aveva creduto in lei. Nel caso in cui non fosse riuscito a portare a termine la missione, aveva deciso di lasciare a lei l'incarico di farlo. E lei non lo avrebbe deluso.

Prima che il vento portasse via le parole di suo padre, Astral sentì il cuore stringersi in un nodo di emozioni contrastanti. La rivelazione di suo padre era come un fulmine che fendeva il cielo, ma la determinazione di onorarlo la faceva sentire forte e decisa. Anche se quella era solo la prima tappa di un disegno molto più complesso e ambizioso, la cornice da riempire con le successive gesta degli eroi, lei l'avrebbe tracciata. A ogni costo.

«Dove stiamo andando?». Astral non conosceva ancora la destinazione del loro viaggio.

«Alla torre. Ci riposeremo là per la notte. Poi, l'indomani, cercheremo un modo per capire dove si trovi la pietra».

«Ho un'idea migliore. Credo di sapere come fare per individuarla. Portatemi al castello dove ho lasciato Mapet, voglio occuparmene personalmente».

«Non è affatto prudente. Da sola potresti non farcela, potresti avere bisogno del mio aiuto».

«Se vi dico che posso occuparmene personalmente non è per una stupida presunzione, ma perché ho ragione di credere che abbia delle buone possibilità di riuscita. Mio padre credeva in me, e state pur certo che non lo deluderò. Inoltre, la missione potrebbe durare anche alcune settimane e la vostra assenza al fronte potrebbe influire sul nostro schieramento, oltre che insospettire molti».

Illuminato dagli ultimi lievi raggi di sole, il castello di Luxis cominciò a stagliarsi in lontananza. Con il mantello che le copriva parte del viso per proteggerla dal freddo e dal vento, Astral concluse decisa:

«Vi prego solo di fidarmi di me. E se non dovessi riuscire, tutto non sarà andato perso, perché ci siete sempre voi che potrete mantenere salda la nostra causa e proseguire nella lotta. Vi chiedo solo trenta albe e trenta tramonti. Se per allora non sarò di ritorno, potrete iniziare la ricerca. Ma avete la mia parola che ci sarò».

A quelle parole era seguito un lungo silenzio, vanificato solo dall'ulular del vento.

«E sia» aveva infine risposto Negash.

«Ma stai attenta. Da oggi le sorti delle nostre terre sono più che mai nelle tue mani. Cerca di non dimenticartene».

Galtran, chiuso nella sua stanza a meditare, pensava al Consiglio Supremo di quel pomeriggio. In piedi davanti alla finestra che dava sul retro, poteva ancora sentire riecheggiare nella sua testa le parole che il generale Yago aveva pronunciato quel pomeriggio.

Chissà se le sue intuizioni erano giuste, se esisteva veramente una setta che appoggiava l'esercito di Atis, se comunque esistesse un modo per mettere la parola fine a tutto ciò...

Guardando gli ultimi raggi di sole che calavano sopra la sua terra, si chiese quanti tramonti ancora avrebbe dovuto o, più semplicemente e tristemente, potuto osservare ancora con questo stato d'animo.

Quando un enorme drago atterrò sul retro del castello la notte era ormai calata e le nubi che stazionavano sopra il castello rendevano l'oscurità ancora più intensa. È per questo che né il re, né gli altri al castello si accorsero di lui.

Né tanto meno di un piccolo cavallo che spiegò le ali e si perse nella notte.

Astral sentì il vento che le accarezzava il viso mentre galoppava su Mapet, il profumo dell'aria fresca e il suono melodioso delle ali degli uccelli circostanti. Guardò il panorama sottostante, dove i colori delle terre di Luxis si mescolavano in un caleidoscopio verde-blu. Si ritrovò ancora a guardare il mondo dall'alto, sebbene dovesse ammettere che volare su Arfox fosse stata tutta un'altra cosa. Al di là dell'altitudine raggiunta, di gran lunga superiore, l'andatura del maestoso drago conferiva a quell'esperienza un'eleganza e una potenza senza paragoni.

Eppure, lei non avrebbe cambiato il suo splendido cavallo con nessuna cosa al mondo; la delicatezza del suo manto e la sua soffice andatura rappresentavano una connessione unica. Astral si sentiva avvolta da un senso di rilassatezza mentre galoppava sopra Mapet, un'armonia con il mondo che solo il loro legame poteva regalare.

Spesso, quando si sentiva sola e affranta, vi saliva in groppa per perdersi in lunghe escursioni; galoppare per le verdi praterie di Eris, disegnare arcuate parabole nel cielo azzurro: non aveva importanza dove o come andava. L'unica cosa importante era che ci fosse Mapet con lei.

Non avrebbe mai dimenticato la gioia che aveva provato il giorno che le era stato regalato. Il ricordo del decimo compleanno affiorò, riempiendole il cuore di calore. La voce del padre risuonò ancora nelle sue orecchie, e il sorriso contagioso di quel giorno si rifletteva nei suoi occhi.

Era una giornata piovosa. Non un evento così strano nelle terre di Eris, soprattutto per il periodo; l'autunno era arrivato ormai da alcune settimane e il decimo compleanno di Astral era trascorso come una giornata qualsiasi. La madre era rimasta buona parte della giornata nel suo laboratorio: era una maga molto potente prima che la malattia la colpisse, e i suoi compiti non potevano essere interrotti; neanche per il compleanno della figlia.

Astral sapeva in cuor suo che la situazione non permetteva ai suoi genitori di concederle di più, ma in fondo al suo animo aveva sperato che almeno il giorno del suo compleanno l'avrebbe potuto passare interamente con i suoi genitori.

Ma se il cuore le sussurrava questo, la testa le diceva che le cose non sarebbero andate così. E ora, che si trovava davanti alla finestra a osservare il plumbeo paesaggio, aveva capito che forse sarebbe stato meglio non illudersi, ascoltare solo ciò che le diceva la ragione. Per la prima volta si era accorta che, sebbene i sentimenti siano la ragione per cui vale la pena vivere, è bene non farci troppo affidamento.

Per lo meno se fosse stata una bella giornata sarebbe potuta uscire, andare a giocare. Ma la pioggia insistente che ticchettava sul davanzale l'aveva costretta in casa per tutta la giornata.

Infine, era arrivata la sera. Dopo averci passato la giornata, aveva chiuso la tenda e aveva iniziato a imbandire la tavola per la cena.

Quando ormai era tutto pronto, e anche la madre era con lei, il bussar del padre alla porta era arrivato puntuale come al solito. Con la contentezza che contraddistingue una bambina di dieci anni era andata saltellando ad aprirgli, pronta a saltargli al collo e ad abbracciarlo.

Ma quando aveva aperto il portone, invece di trovarsi davanti il papà, si era trovato qualcosa di decisamente... più grosso! Sulle prime non aveva ben capito di cosa si trattasse; poi, pian piano che gli occhi si abituavano al buio, aveva scorso la sagoma inconfondibile del suo animale preferito: un cavallo!

Prima che la sua mente fosse in grado di pensare qualsiasi cosa, il padre le aveva esclamato: «sorpresa!», rendendola la bambina più felice dell'intera Oblivium.

Era saltata subito in braccio al papà, riempiendolo di mille baci e non smettendo più di ringraziarlo.

Poi, lui l'aveva messa in groppa, tenendola con le mani.

«Sono sicuro che imparerai alla svelta, così non avrai più bisogno di me per starci sopra. Questo sarà il tuo compagno di avventure, piccola. Mapet sarà sempre al tuo fianco, proprio come me e tua madre».

«Grazie! Sei il papà migliore del mondo!».

«E tu sei la bambina più graziosa del mondo! Buon compleanno, Astral!».

A più di duecento braccia d'altezza, Astral cercava di scacciare dalla testa quell'ennesimo ricordo del padre. Non aveva voglia di perdersi in malinconici pensieri e così da quando era morto non le era più capitato di ritornare con la testa a quel giorno. Il ricordo del compleanno svanì quando Astral riportò la sua attenzione al presente. Con un sospiro, allungò il braccio e accarezzò la criniera di Mapet, riempiendosi di coraggio per la missione che l'attendeva.

Gli eventi delle ultime fiamme l'avevano scossa, per questo adesso la sua mente era un effluvio di sentimenti che sgorgavano impietosamente come un fiume in piena, impossibile da arginare; il ricordo era un dolce luogo dove ancora si potevano incontrare per rivivere assieme i momenti più belli.

Quando anche il blu dell'oceano sotto di lei lasciò finalmente posto al verde delle terre di Eris, riuscì finalmente a sgombrare la mente e a recuperare la lucidità perduta. Adesso si ricordava perché era lì; adesso si ricordava dove fosse diretta e perché.

Doveva riuscire a individuare l'ultima pietra del sigillo mancante. Solo una persona poteva rivelarle con esattezza dove fosse. Per quel che ne sapeva, avrebbe anche potuto essere morta.

«Abbiamo una missione importante, vecchio amico. Dobbiamo trovare quella pietra. So che posso contare su di te».

Nel cuore del regno di Atis, dove un tempo sorgeva il castello di Drakon, l'ultimo re di quelle terre, un imponente torre si ergeva altissima, dando quasi l'impressione di toccare il cielo. Le nere nubi temporalesche e i lampi che squarciavano il cielo erano la giusta cornice di quel tetro paesaggio.

Un verdastro fossato popolato da famelici alligatori cingeva l'inquietante costruzione: una larga e articolata base costruita interamente con pietre nere come la pece avvolgeva un altrettanto corvino torrione che si innalzava fino a perdersi nelle sovrastanti nubi.

Il gracchiare dei corvi appollaiati sopra le merlettature della rocca, che risuonavano tutt'intorno aumentando la sensazione di irrealtà che avvolgeva la torre, venne sommerso dal cigolio del ponte levatoio che andò a sbattere pesantemente al di là del fossato.

Mentre un tuono rimbombava in tutta la sua potenza, Adares, colui che venti anni or sono aveva iniziato la sua guerra al fine di sottomettere ogni popolo al suo volere, lo attraversò con passo deciso, il bastone ben stretto nelle sue ossute dita.

Una volta all'interno, il ponte levatoio iniziò lentamente la sua risalita, immergendo l'interno nella penombra e svelando appena le pareti dell'androne. Dopo aver svoltato una decina di volte fra i meandri di quei cunicoli, aprì un grosso portone con una chiave che teneva in una tasca della sua tunica.

Una volta richiusolo alle sue spalle, si immerse in un cunicolo completamente buio. Adares proseguì a passo deciso all'interno di quello spettrale labirinto. Se vi riusciva non era soltanto perché conosceva bene ogni angolo della sua rocca, ma a causa del potere che la gemma incastonata nel suo bastone era in grado di fornirgli. Fra le altre facoltà che infatti gli erano state concesse da quella pietra, vi era la possibilità di riuscire a vedere benissimo anche nel buio più completo. Bastava infatti il semplice possesso per attivare il potere speciale che gli consentiva di muoversi con normalità anche dove le tenebre non lasciano uno spiraglio di luce.

Dopo una lunga camminata giunse a destinazione dove, nell'ala ovest, dove la sua stanza si snodava nel posto più remoto della roccaforte.

Il fatto che essa fosse raggiungibile solo dopo aver superato con successo un intricato labirinto avvolto dalle tenebre, era solo una delle tante precauzioni che si era concesso per tenere lontano qualsiasi altro essere dal centro dei suoi studi.

La stanza era inoltre stregata da un potentissimo incantesimo; chiunque avesse provato a oltrepassare quella porta con una torcia in mano non avrebbe potuto più vedere la luce del giorno. Altri sortilegi e portoni serrati rendevano ogni tentativo praticamente vanificato sul nascere.

Nonostante la fiducia nei confronti dei suoi uomini, era consapevole del fatto che il potere può suscitare ambizioni; non poteva escludere la possibilità di un tradimento anche tra i membri del suo stretto cerchio. La sua reggenza, pur forte e decisa, si trovava costantemente sospesa tra la necessità di delegare responsabilità e il timore che qualcuno all'interno delle sue fila potesse compromettere la stabilità che aveva faticosamente costruito. In un gioco di politica e intrighi, sapeva che anche la fiducia più salda poteva rivelarsi fragile di fronte alle tentazioni del potere.

In fondo era così che lui aveva iniziato la sua ascesa al potere...

Un tempo era solo lo stregone del regno, il fidato braccio destro di Drakon. Dopo avergli giurato fedeltà, si era insidiato all'interno del suo castello, dove per più di venticinque anni lo aveva servito con fedeltà. La fiducia che guadagnava giorno dopo giorno lo aveva portato a sapere cose di cui nessun altro immaginava l'esistenza. Quando poi il suo guaritore personale era morto, gli aveva detto di non preoccuparsi di trovarne un altro, si sarebbe occupato personalmente della sua salute.

Conoscendo per filo e per segno le sue condizioni non era stato molto difficile sbarazzarsi di lui: la morte era sembrata una tragica fatalità; il sostituto ideale colui che per oltre cinque lustri l'aveva fedelmente servito.

Così era giunto finalmente il tempo di portare in auge l'antico potere delle pietre del sigillo, di cui quella viola era un lascito della sua famiglia, tramandato di generazione in generazione, fino a quando non era giunto nelle mani sbagliate.

Non aveva però compiuto il rito per poterne sfruttare i poteri. Sapeva che così facendo sarebbe morto al massimo nel giro di un paio di lustri, un periodo sicuramente troppo breve perché il suo piano fosse portato a termine. Servendosi della sua potentissima magia nera era riuscito ugualmente a trovare il modo per sfruttarne le facoltà; un vantaggio notevole, che oltre a garantirgli illimitati poteri, gli assicurava anche di esimersi dal prezzo che in cambio avrebbe dovuto pagare, lasciando libera la sua anima.

Quando la popolazione si era resa conto dello sbaglio cui era andata incontro nominando Adares come legittimo successore di Drakon, era ormai troppo tardi.

Il suo folle piano aveva così avuto inizio.

"La fiducia è la malattia di ogni uomo" si ritrovò a pensare, estraendo da un sacchetto due pietre brillanti.

"La diffidenza, l'unica panacea possibile" rifletté, stringendole tra le mani.

Una volta raggiunta la sala principale, si sedette sul suo immenso trono color porpora. La struttura, costruita quasi interamente con ossa di un colore ingiallito dal tempo, contribuiva a dare alla sala un raccapricciante senso di nausea.

La voce rauca di Adares, come un sibilo proveniente dalle profondità della torre, chiamò a sé una delle sue guardie.

«Sì signore» rispose costui, chinandosi prontamente alla base della scalinata che portava al trono.

«Esigo che convochi immediatamente i due guerrieri più valorosi del nostro esercito al mio cospetto».

Le zampe di Mapet atterrarono sulla soffice erba di Eris con la notte ormai inoltrata. Astral sapeva che non c'era neanche un secondo da perdere. Benché il suo bianco destriero fosse molto stanco, Astral gli chiese ancora un piccolo sforzo.

Se la memoria non lo ingannava, il luogo che aveva in mente di raggiungere si trovava a non più di cinquanta miglia di distanza. Pur consapevole che irrompere in casa sua nel cuore della notte non fosse stato un gesto appropriato, la situazione non le lasciava altra scelta. Se fosse stata ancora viva, avrebbe capito.

Mentre Mapet galoppava nella notte tra le verdi praterie di Eris, Astral cercava di rimembrare con esattezza dove era di preciso l'abitazione di Brisilide. In fondo erano passati più di quindici anni dall'ultima volta che era stata da lei.

Brisilide era una vecchia àugura. Le sue capacità di vedere con la mente e creare ponti intertemporali erano state la causa della cecità che l'aveva accompagnata per buona parte della sua vita. Non sapeva molto su di lei. Le poche notizie che aveva erano legate al fatto che per molto tempo era stata la maestra di suo padre.

Sapeva che un tempo aveva presieduto il Consiglio dei maghi e che era considerata di gran lunga la migliore àugura di tutti i tempi.

La sua grande vocazione di vedere al di là delle comuni persone l'aveva spinta a prevedere la grande guerra che di lì a poco avrebbe sconvolto le loro terre. Accusata di eresia, era stata cacciata dal consiglio e costretta all'esilio eterno. Era stato fatto, inoltre, a tutti i componenti del Consiglio, divieto di recarsi da lei, pena la sua scomunica.

Isolata dal mondo, il tempo era stato solo il ponte per farla dimenticare da tutti; un ponte che tutto sommato era stato anche più breve del previsto. Erano bastati pochi anni per cancellare lustri e lustri dei suoi compiti svolti all'interno del Consiglio.

Per Landen, però, quella donna aveva voluto dire tanto nella sua vita e i consigli che gli dispensava erano sempre stati molto importanti per lui. Così era successo che in un paio di circostanze aveva ignorato il divieto e si era diretto in gran segreto da lei, portandosi dietro anche la figlia. Astral non ricordava di cosa avessero parlato, ma dai toni usati doveva trattarsi di qualcosa di molto importante. All'epoca era troppo piccola per capire, per interessarsi a quei discorsi "da grandi". Adesso, dopo quindici anni, forse aveva intuito i temi che avevano affrontato Brisilide e Landen.

Già, suo padre; sebbene non fosse all'altezza di Brisilide, anche lui aveva delle capacità di àuguro. Se fosse stato ancora vivo, sarebbe stato tutto maledettamente più facile.

Era giunto il momento di accettare la realtà senza lasciarsi abbattere; lui non faceva più parte di quel mondo, e l'unica figura a cui poteva ora rivolgersi per ottenere aiuto era la sua anziana mentore. La ricordava vagamente: i suoi occhi sbarrati per la cecità le avevano sempre inculcato uno strano timore. Tuttavia, ciò che non poteva dimenticare erano le profonde rughe del tempo che solcavano il suo volto. Quando la vide per la prima volta, infatti, aveva già superato i novant'anni e la sua salute era tutt'altro che florida.

Mentre Mapet galoppava con foga sulla fresca rugiada, il cuore di Astral batteva a ritmo sempre più accelerato. Le preoccupazioni si agitavano nella sua mente, e in quel momento, pregava soltanto che fosse ancora in vita. □

Tutto era andato secondo i piani. L'elfo era morto dove e quando gli era stato ordinato. Adesso non restava che incassare la grassa ricompensa che gli era stata promessa.

Aveva fatto sparire il corpo come pattuito. Ma la testa l'aveva dovuta recidere e riporre in uno scrigno di legno. Sarebbe stata la prova che la missione era andata a buon fine.

Mentre era di ritorno, il braccio ben stretto sul bauletto di palissandro, ripensava all'individuo che gli aveva dato quell'incarico. Ora che ci rifletteva, la strana tunica che indossava non gli sembrava nuova. Gli era già successo che un uomo vestito nella medesima maniera gli avesse fornito un incarico. Anche in quel caso la ricompensa era stata assai profumata. Ma quando? Nonostante si sforzasse di ricordare, nulla gli veniva in mente. Era molto stanco; dopo giorni che non dormiva, la tensione che aveva accumulato fino a quel momento lo rendeva una corda tesa al massimo, pronta a spezzarsi.

Per questo decise di passare prima per la sua dimora. Avrebbe acceso un falò, si sarebbe scaldato, ascoltando l'eco sussurrato dalle pareti umide delle fiamme danzanti mentre il calore del fuoco tingeva di rosso il palissandro consumato. Avrebbe finalmente mangiato qualcosa di sostanzioso e poi avrebbe fatto un breve riposo, prima di portare la testa della sua vittima a colui che l'aveva incaricato della missione.

Quando aprì gli occhi, il sole stava già scendendo verso l'orizzonte. Doveva raggiungere la riva meridionale del Grande fiume di Luxis, dove lo aspettava il suo contatto al termine del tramonto.

Lysander infilò i suoi stivali e si calò nuovamente il cappuccio nero sul volto; prese il baule e si recò sul punto prefissato. Fu lui il primo ad arrivare sul posto. Non amava le persone poco puntuali; fortunatamente la sua attesa non fu molto lunga. Una figura indefinita apparve dall'oscurità e gli si fece incontro.

«È lì dentro?».

«Come pattuito».

L'uomo scrutò attentamente dentro la cassa.

«È stato un piacere» ghignò infine, porgendogli il sacchetto con la ricompensa, mentre un sorriso beffardo increspava le sue labbra.

Tornando alla caverna, Lysander si passò il sacchetto pieno di monete da una mano all'altra. Adesso che l'aveva rivisto e che era riposato, nuovi ricordi si affacciarono alla sua memoria.

Inverno... pioggia... mago... senso di colpa... I pensieri si accavallarono. Il tintinnio delle monete sembrò rallentare, sospeso in un incantesimo che teneva le briglie del tempo fin quasi a fermarlo. *Due occhi... lo guardano con odio... poi il denaro, tanto denaro...*

D'un tratto tutto divenne chiaro. Il suo primo omicidio.

Era stato un uomo con la stessa tunica a proporglielo. Anche in quel caso si trattava di una persona molto importante. Anche in quel caso gli era fruttato una grande somma di denaro. Chissà se c'era un nesso in tutto ciò.

I fantasmi del passato tornarono ad albergare la sua mente, quell'omicidio gli aveva messo una strana inquietudine indosso; quella stessa sensazione che aveva provato quando aveva portato a termine il suo primo incarico. Aveva pensato che ciò fosse dovuto solo perché era la prima volta che toglieva la vita a un uomo. Il senso di colpa che aveva provato dopo il suo primo omicidio risvegliò demoni sepolti, portando con sé domande senza risposta. C'era qualcosa di sbagliato in quei due omicidi; e non il semplice sbaglio per essere andato contro natura e aver spedito un uomo al creatore anzitempo; qualcosa di diverso.

Il tempo si liberò dalle briglie, correndo per rimettersi in pari con il mondo mentre le monete cadevano a terra, creando una pioggia dorata che risplendeva nella luce del tramonto. Lysander scacciò via quei pensieri mentre le raccoglieva. La missione era stata portata a termine e quel denaro lo avrebbe fatto andare avanti per un bel pezzo. E poi, che importanza aveva? In quel mondo non c'era giustizia e lui lo sapeva meglio di chiunque altro. La vita lo aveva privato di ogni cosa. Non aveva niente: un padre, una madre, un fratello, una maledetta casa. L'odio che provava verso il mondo lo portava talvolta ad adorare il suo lavoro. L'unica cosa che non sopportava era quando a rimetterci fossero i deboli, gli indifesi. Come lui, del resto. Quando il destino aveva deciso di strappargli ogni cosa era piccolo. Non aveva potuto difendere i suoi familiari. Certo, adesso era forte, la vita l'aveva forgiato. Era diventato un uomo. Ma a questo punto che motivo aveva per cui combattere? Per questo Lysander, con occhi induriti dall'odio, era diventato un assassino senza cuore. Ma sotto la superficie, il peso di un passato perduto e la mancanza di giustizia lo tormentavano.

Un tormento che sembrava bruciargli il petto. Sempre di più. Di più, di più, di più, di più... il dolore diventò quasi insopportabile, si portò una mano al cuore; qualcosa gliela bruciò e istintivamente la portò via. Abbassando lo sguardo capì di cosa si trattasse: la pietra che portava al collo emetteva una candida ma intensa luce bianca. Sembrava quasi che lo volesse chiamare, che gli volesse comunicare qualcosa. La luce era sempre più intensa e nonostante il dolore fu catturato da quella strana visione, da quella luce che progressivamente stava illuminando le tenebre circostanti.

Poi, quando il dolore cominciava a farsi insopportabile, smise di colpo di brillare e tutto tornò come prima.

Centinaia di pensieri cominciarono ad accavallarsi nella sua testa. Decise che forse era meglio svagarsi un po'. Aveva guadagnato un bel gruzzoletto e un boccale di birra era proprio quello che ci voleva per rimettere in ordine le idee.

Si recò verso Collex, dove viveva Cadel. Non avrebbe rifiutato di passare una serata in sua compagnia bevendo birra e guardando belle ragazze. Un tuono squarciò il cielo; un temporale era in arrivo e Lysander decise che era meglio affrettare il passo.

Quando arrivò a casa del suo amico aveva iniziato da poco a piovere. Si recarono insieme alla taverna più vicina. Quando entrarono, il temporale imperiava ormai furioso.

Si sedettero in un tavolo vicino a una finestra.

«Allora, come va vecchio mio?».

«Non male...» rispose Lysander, mettendo sopra il tavolo il sacchetto con le monete.

«Vedo che l'incarico è andato bene».

Una giovane oste dagli occhi verdi e un caschetto biondo si avvicinò al tavolo.

«Cosa porto ai signori?» chiese guardando Lysander, lasciando trapelare un sorriso accattivante.

«Due birre... per ora» rispose lui, mettendole due grosse monete in mano.

Mentre la ragazza si avviava maliziosamente a prendere i due boccali di birra, un lampo illuminò a giorno il cielo. Seguì un potente tuono che sovrastò per un attimo il baccano del locale.

«Non te ne lasci scappare una, eh?».

Lysander abbozzò un sorriso. Poi la porta si aprì. Una ragazza, bagnata da capo a piedi, entrò con un cappuccio sulla testa. Si sedette a un tavolo, da sola. Con malagrazia, si liberò del copricapo, rivelando una folta capigliatura bionda che gocciolava acqua da ogni ciocca.

Lysander rimase colpito da quella ragazza. Osservava le gocce che, colandole dai capelli, cadevano ritmicamente sul tavolo. Sembrava triste. Il volto era sostenuto dalle mani, coperte da alcune ciocche dorate.

«La conosci?».

«Pensavo che stasera avessi altri impegni» rispose Cadel, ammiccando l'oste.

«Rispondi alla mia domanda e basta».

«Va bene, va bene, non c'è bisogno che ti scaldi. Fammi pensare... no, non mi sembra di averla mai vista...»

«Pensaci meglio».

«Te l'ho detto io non... un momento, ora che ci penso forse... ma certo! Si tratta di quella ragazza che mi aveva chiesto di te! Così conciata non l'avevo riconosciuta...».

L'oste gli portò i due boccali di birra. Poi si recò proprio verso la sconosciuta.

«Desiderate?».

«Io... veramente... niente. Sono entrata solo per ripararmi dalla pioggia».

«Mi spiace, ma questa è una taverna, non un ostello. Se cercate un posto per riparavi devo informarvi che non siete nel posto giusto. Vi prego di andarvene» sibilò acidamente.

Prima che potesse alzarsi, però, una voce sopraggiunse alle sue spalle.

«La signorina è con me».

Mentre l'oste si girava indignata, Lysander prese posto vicino alla sconosciuta. Quella sconosciuta che gli sembrava di conoscere da tutta la vita.

Astral era quasi giunta al confine. Il nemico ancora non era arrivato nel suo regno, ma sapeva che non era poi così lontano. Il regno confinante con il suo, quello di Tonitrus, sul quale l'indomani sarebbe dovuta andare per riunirsi con gli uomini al fronte, era caduto quasi completamente nelle mani del nemico e la sua sottomissione da parte di Atis era solo una questione di tempo.

Con lo sguardo fisso all'orizzonte, si rincuorò nel vedere che per lo meno la pioggia, caduta per tutto il pomeriggio, aveva finalmente smesso, regalando un sottile profumo di terra bagnata. Il tempo adesso sembrava rasserenarsi e il luccichio delle stelle cominciava a intravedersi in cielo. Guardando in lontananza, Astral vide un lampo squarciare il cielo. *«Al di là dei monti il tempo è stato più ingeneroso»* pensò fra sé.

Quando ormai sentiva che Mapet era allo stremo delle forze, intravide un viale alberato. Il ricordo si insinuò nella mente di Astral come una carezza fugace. Un sorriso nostalgico danzò sulle sue labbra mentre ripensava a quel giorno di primavera e al calore paterno di suo padre.

Era una giornata di sole. In groppa a un elegante destriero stava cavalcando con suo padre in mezzo a quel viale. Era primavera, e i fiori profumavano l'aria oltre che colorare il paesaggio di un bel rosa-arancio.

«Papà papà! Guarda! Sono bellissimi! Possono prenderne uno?».

«Adesso non si può. Non potremmo nemmeno essere qui, non possiamo permetterci soste».

«Va bene...» aveva replicato Astral, facendo il labbruccio per la delusione.

Vedendo la sua piccola così dispiaciuta, Landen aveva deciso allora di fermarsi e prendere un fiore per la sua bambina. Dopo averle spostato una ciocca di capelli, glielo aveva sistemato dietro l'orecchio.

«Grazie papà!» aveva esclamato lei, prima di dargli un bacio sulla guancia.

Quegli alberi erano spogli e l'odore di fiori sostituito da quello dell'erba bagnata, eppure Astral non aveva dubbi che quello fosse il viale che portava all'abitazione di Brisilide. Il freddo umido che penetrava attraverso gli strati della sua tunica le provocò un brivido lungo la schiena.

Una volta finita la strada alberata, era arrivata a destinazione. La casa era esattamente come se la ricordava. Il tempo non l'aveva modificata di una virgola.

Chissà se Brisilide è ancora là dentro.

Astral, scendendo da cavallo, si avvicinò cautamente alla casa di Brisilide. La luce pallida della luna svelava dettagli che le erano sfuggiti prima. La facciata della casa, un tempo affascinante, ora mostrava segni di decadenza. La vernice sbiadita rivelava cicatrici causate dal tempo e dalle intemperie.

Guardando più da vicino, Astral notò due vasi vuoti sul davanzale della finestra. Un senso di malinconia la avvolse mentre immaginava la bellezza che quei vasi avevano potuto esprimere in un tempo passato.

Il portone di faggio, sebbene ancora solido, aveva perso la sua lucentezza originaria. Astral, bussando leggermente, temeva che il suono potesse svegliare il silenzio che avvolgeva la casa. Nessuna risposta. Il suo cuore iniziò a battere più forte, un tamburo nel silenzio della notte tregenda.

Bussò ancora.

Dall'altra parte, nessuna risposta.

Con la luna era alta nel cielo, le truppe del generale Farrel stavano riposando, accampate nelle spartane tende al confine con il regno di Eris. Il territorio di Tonitrus era stato quasi interamente conquistato dal nemico e solo uno stretto lembo di terra era ancora libero. Probabilmente un'ulteriore sconfitta avrebbe segnato la completa supremazia del nemico su quelle terre.

Il turno di guardia era toccato a Goy, uno gnomo, come del resto erano più della metà di quell'esercito, essendo di quella specie gli abitanti di Tonitrus. La lunga barba castana intrisa di sangue e di birra scendeva fino all'altezza del petto. L'ascia ben stretta nelle mani e lo sguardo fisso all'orizzonte.

Il suo carattere burbero e scontroso gli facevano apprezzare oltre maniera quell'incarico. Era un tipo molto scorbutico e solitario, così amava quei momenti in cui restava da solo per il turno di guardia. In realtà in tutti gli gnomi erano presenti più o meno accentuatamente quelle caratteristiche. Ma le brutte esperienze che la vita gli aveva tenuto in serbo gliel'avevano dilatate ulteriormente rispetto agli altri. Avendo anche delle capacità di mago, aveva innalzato una barriera invisibile intorno al suo esercito. Non avrebbe resistito ad un attacco frontale, ma se degli arcieri avessero scagliato le loro frecce sull'accampamento si sarebbero infrante sulla barriera, dandogli tempo di avvertire tutti con il suo corno.

Così adesso si godeva quella notte silenziosa, accendendosi la _____
_____ a renderlo felice oltre la birra.

Il paesaggio davanti a lui si presentava molto rude ed etereo. _____
_____ rocciosi, i numerosi vulcani, i torrenti e gli sporadici _____
_____ che caratterizzavano quella terra erano un invito per le _____
_____ Goy sapeva che non si sarebbe potuto distrarre nemmeno _____
_____ on lo avrebbe fatto. La sua formazione era stata molto dura _____
_____ missioni del genere.

_____ Mentre abbozzava qualche disegno _____ il fumo della sua _____
_____ le lunghe ombre dei rami degli alberi _____
cie _____ caduta ha _____
un pezzo _____ sulla sua testa _____ capì _____ che
qualcosa _____ di _____ essere così
diverso.

In questo _____ nel quale _____ decise di
andare ad avven _____

Taran, _____ sarebbe il possessore
di una delle oltre _____ di tramutarlo nel
volatindraco. Pe _____ poteva raccontare. Un
imponente gigan _____ quasi sei braccia,
si distingueva per la _____ di muovere alla velocità
di un fulmine, e _____ qui, poiché aveva
anche il potere _____ incenerendoli con
letali scariche _____ il suo becco era
riempito da denti aguzzi e _____ spuntavano dalla sua testa.

Goy sperava soltanto di essersi sbagliato. Le legioni di Tonitrus erano ridotte ai minimi termini e i rinforzi non erano ancora arrivati. Un altro attacco del nemico, capeggiato da quel maledetto mostro, sarebbe stato quasi impossibile da fronteggiare.

Dopo essersi alzato goffamente, si diresse a passo svelto verso la tenda del suo generale. Avrebbe deciso lui sul da farsi. Mentre si affrettava a raggiungere la tenda, però, un dolore atroce gli pervase il petto.

Prima che potesse capire, il suo corpo giaceva immobile a terra; sulla roccia fredda una pozza di sangue di diffuse rapidamente come macabro dipinto, tingendo il terreno di tonalità cupe e simboleggiando il prezzo salato della guerra.

Per questo, quando migliaia di frecce infuocate incendiarono l'accampamento di Farrel, costui si trovò del tutto impreparato allo scontro. Mentre i suoi uomini uscivano scompostamente dalle proprie tende senza capire la situazione, il generale ordinò subito di prepararsi allo scontro.

Mentre alcuni dei suoi soldati trovavano la morte nel peggiore dei modi, dilaniati dal dolore mentre le fiamme avvolgevano prepotentemente i loro corpi, Farrel cercava di organizzare la controffensiva. Cercando di sovrastare le raccapriccianti urla di dolore, tuonava gli ordini ai suoi sottoposti con voce roca e potente.

«Radunate subito i maghi. A loro il compito di curare i feriti sul campo di battaglia»; quindi incaricò gli arcieri di disporsi sul lato ovest e abbattere più nemici possibile prima che arrivasse la cavalleria.

«Tutti gli altri si preparino insieme a me allo scontro frontale. Ci schiereremo a falange nell'intento di resistere alle prime linee per poi passare al contrattacco. Ricordate: nessuna pietà per il nemico! Voglio vedere sputare il sangue dalle bocche di quei putridi bastardi! Rendiamo onore a tutti coloro che hanno versato il loro sangue per questa terra!» ordinò, caricando i suoi uomini prima che un «Sìììììì!» generale tuonasse nell'aria circostante, facendo vibrare la terra e le ossa dei loro nemici.

Quando le due legioni si erano scontrate frontalmente, il rumore provocato dall'incrociarsi di spade, mazze ferrate, asce e quant'altro aveva coperto qualsiasi altro suono nel raggio di cinquecento e più braccia. In quell'inferno la comunicazione era quasi impossibile. Eppure, nella testa di ogni guerriero, gnomo o elfo, alleato o nemico, nessun suono arrivava alle loro orecchie. Era sempre così del resto. Quando lo scontro iniziava, la testa smetteva di pensare. Le immagini di guerra e di morte non erano mai accompagnate da nessun rumore.

Anche per Farrel era così: mentre combatteva, pensava solo al suo avversario. Non esisteva nient'altro. Sebbene vedesse morire i suoi uomini sul campo di battaglia, non aveva tempo di provare pietà per loro. In guerra non esistono sentimenti, non esistono distrazioni. Esiste solo il tuo nemico. E Farrel lo sapeva. Nessun avversario era però alla sua altezza, così uno dopo l'altro li vedeva stramazzare sotto i colpi della sua ascia. Provava una strana soddisfazione nel veder saltare le loro teste e il loro sangue schizzare in ogni direzione.

Poi alzò lo sguardo. Sopra di lui l'imponente volatindraco stava osservando la scena. *«Perché non vieni quaggiù? Ne avrei anche per te maledetto essere immondo»* pensò fra sé. Poi capì.

Se non stava intervenendo era solo perché non ce n'era bisogno. I suoi uomini erano in netta inferiorità numerica e stavano morendo uno ad uno sotto i colpi del nemico.

In quella bolgia non si era accorto che ormai non c'era più niente da fare. L'unica cosa intelligente, ormai, era ordinare la ritirata per risparmiare le poche vite rimaste sul campo di battaglia.

Al grido «ritirata!» tutti i suoi uomini si erano allontanati, ripiegando dietro i monti, nel regno di Eris.

Tonitrus era così caduta completamente nelle mani del nemico. Il prossimo obiettivo sarebbe stato proprio il verde regno di Eris.

Davanti al portone, Astral sembrava non rassegnarsi all'idea che dentro quella casa non ci fosse nessuno. Non poteva credere che tutta la fatica fatta sino a quel momento fosse inutile. E adesso cosa avrebbe fatto? L'unica persona in grado di aiutarla era quella vecchia àugura. Eppure, se lo sarebbe dovuto immaginare. Se fosse viva avrebbe ormai più di cento anni, un'età fin troppo avanzata per il genere umano. Tanto più che le sue condizioni di salute erano già precarie. Come aveva potuto essere così stupida? Perché non aveva accettato l'aiuto di Negash? Lui avrebbe saputo sicuramente cosa fare. Lei invece si era affidata solo ad una persona di cui non aveva più tracce da una vita… e purtroppo non aveva un piano di riserva.

Con il cuore in gola decise di bussare una terza volta… ancora niente. E allora una quarta, una quinta, una sesta, fino a ritrovarsi a prendere a pugni quel maledetto portone. Quando le sue speranze erano ormai pressoché finite, accadde l'impensabile.

«Avanti» disse una voce proveniente dall'oltretomba, mentre il portone cigolando si apriva verso l'interno.

«È permesso? Io sono…».

«Astral. Sapevo che saresti venuta da me. Accomodati pure».

Tentennando, Astral procedette con passo cauto verso l'interno. I mille odori che riempivano quello spazio angusto le provocarono un giramento di testa. Ovunque si girasse vedeva spezie, fiori e piante. La poca luce presente nella stanza era prodotta da una candela al centro del tavolo. Brisilide era seduta in una vecchia sedia di castagno. Esattamente uguale a come la ricordava. Il tempo sembrava non averla toccata. Nonostante la cecità, Astral aveva come la sensazione di sentirsi osservata. Sentendosi in imbarazzo, si sedette in una sedia vicino a lei.

«Mi dispiace per l'ora. Il fatto è che…».

«Non devi scusarti. E nemmeno spiegarmi perché sei qua».

La profonda voce roca di quella donna entrava fin dentro le ossa di Astral.

«Come ben sai, tuo padre era stato un mio allievo. Uno dei migliori, a dire il vero. Quando fui scomunicata, lui è stato l'unico che mi è rimasto vicino. Aveva scoperto qualcosa di molto importante e sapeva che l'unica che poteva dargli una mano ero io. *Sapeva* che io *sapevo*. Gli dissi dove avrebbe potuto trovare il materiale per portare a termine le sue ricerche e gli fornii alcune informazioni a riguardo. Era l'unico ad aver capito. Era l'unico a sapere della *leggenda del sigillo*. Purtroppo, qualcuno aveva scoperto le sue ricerche e aveva deciso di farlo fuori. Con la sua morte tutto sarebbe stato occultato. Del resto, io ero stata cacciata dal Consiglio e nelle mie condizioni non avrei potuto fare niente. Ma ora, sei arrivata tu. Il mondo adesso è nelle tue mani Astral, e sono sicura che porterai a termine la tua missione. Tuo padre ha creduto in te. E lui non si sbagliava mai».

La stanza d'un tratto piombò in un ingombrante silenzio. Guardando Brisilide, si sentì come una bambina piccola di fronte alla maestra. Non sapeva che dire, che fare.

Rimase immobile sulla sedia a scrutare le vecchie mani segnate da mille rughe di quella donna.

«Sul mobile alla tua destra c'è una sfera di cristallo. Prendila».

Con passo incerto, Astral si portò verso il mobile. Poi afferrò la sfera con entrambe le mani.

«Molto bene. Adesso guarda ciò che vi appare».

Un prato. Un ruscello. Un uomo. Ha capelli scuri e profondi occhi neri. Sta pescando. Ha un metodo assai spartano di cacciare i pesci, ma efficace. Immerso nell'acqua che gli arriva fino alle ginocchia, osserva attentamente le sue prede, per poi catturarle con un gesto fulmineo della mano. Il fisico, asciutto e muscoloso, è coperto da uno scuro mantello. In mezzo a esso, all'altezza del collo, una splendente pietra bianca.

Astral rimase attratta da quella gemma. La contemplò con attenzione, capendo subito di cosa si trattasse. Scrutò l'uomo, cercando di memorizzare la sua faccia. Se voleva quella pietra, doveva assolutamente trovarlo. Mentre lo fissava, gli sembrò quasi di aver già visto quell'individuo; probabilmente soltanto suggestione. Intuì che il paesaggio sullo sfondo era senza dubbio Luxis; il verde dei prati, l'azzurro del ruscello e la forma degli alberi non le davano dubbi. Si recava in quella terra solo in sporadiche occasioni, per riunirsi al Consiglio. Se l'avesse conosciuto là, sicuramente lo ricorderebbe.

Dopo qualche soffio che osservava la sfera, l'immagine cominciò a dissolversi, lasciandovi il solo riflesso allungato del suo volto.

«Come avrai capito, l'uomo che stai cercando si trova nelle terre di Luxis, più precisamente nella parte sud-ovest del regno, sulla costa meridionale del fiume Koert, meglio noto come il Grande Fiume».

«Lo troverò sicuramente».

«Non sottovalutare la tua missione, non sarà così facile. E quando l'avrai trovato, sarai solo all'inizio. La cosa più difficile sarà trovare la persona a cui affidare la pietra. No, non mi riferisco al fatto di trovare un volontario che si immoli per la patria. Di questi tempi di eroi, o presunti tali, ne esistono fin troppi. Mi riferisco al fatto di trovare la persona *giusta* a cui affidarla. Deve trattarsi di un uomo dalla grande forza fisica ma, allo stesso tempo, dal cuore puro. Semmai la pietra dovesse cadere nelle mani della persona sbagliata, non avresti fatto niente. Le tenebre si impadronirebbero del suo animo e il risultato sarebbe ritrovarci solo un altro nemico da combattere. Quella che stai cercando è l'ultima pietra che ancora non sia caduta nelle mani del nemico. Non puoi sbagliare».

Astral d'un tratto sentì su di sé tutta la responsabilità, come se finora non avesse capito la reale portata della situazione.

«Ma io non so se...».

«Segui il tuo cuore, e troverai la risposta».

D'un tratto un boato fece tremare la terra. Grida sovraumane si alzarono minacciosamente. Grida di odio, di guerra, di morte. Il suono di migliaia di spade che si intrecciano riecheggiò nell'aria. Sulle prime Astral rimase interdetta. Poi gettò un occhio fuori dalla piccola finestra alla sua destra. Sullo sfondo il bagliore rosso del fuoco danzava tra le ombre dei monti di Tonitrus.

Ma com'è possibile? È una fredda notte autunnale e al di là dei monti non c'è neanche un filo d'erba.

Poi tutto divenne chiaro nella mente di Astral. Come aveva fatto a non pensarci. Dall'altra parte dei monti c'era l'accampamento di Farrel. Ecco cos'era quel lampo che aveva visto mentre stava cavalcando. Non era affatto un temporale in lontananza. Era Taran, il famigerato volatindraco. Non le era neanche passato per la testa. Adesso, in un soffio di drago, mille pensieri si rincorsero nella sua mente. Il lembo di terra che ancora non era caduto nelle mani del nemico era molto sottile. Troppo sottile. Sapeva che le legioni che stazionavano là erano in attesa di rinforzi. Non avrebbero mai resistito a lungo.

Loro si trovavano proprio al confine. Quel posto non era più sicuro, dovevano fuggire!

«Presto, dobbiamo allontanarci! Il nemico ha attaccato e non so quanto i nostri uomini potranno resistere».

«*Devi* allontanarti» replicò Brisilide con espressione malinconica.

«Ma stare qui non è più sicuro. Il nemico potrebbe arrivare da un momento all'altro, e voi potreste morire...».

«Io sono già morta». Le parole di Brisilide gelarono il sangue nelle vene di Astral, facendo piombare la stanza in un inquietante silenzio.

«Grazie alle mie capacità di àugura e di maga ho previsto che saresti venuta a cercarmi. Sapendo che sarei morta cinque anni prima della tua venuta, ho creato questa proiezione di me stessa per poterti aiutare. Adesso, il mio tempo è finito davvero. Spero di esserti stata utile, Astral. E spero che tu lo sarai per tutta Oblivium».

Pronunciando quelle ultime parole, l'immagine di Brisilide cominciò a svanire davanti all'incredulo sguardo di Astral.

«Ditemi almeno il nome dell'uomo che sto cercando!».

«Lysander...».

Il suono di quell'ultima parola sfumò nell'abisso dei tempi, prima che la sua effimera sagoma svanisse completamente, per sempre. Astral si trovò a fissare una sedia vuota; la sedia su cui fino a pochi istanti prima era adagiata la vecchia maestra di suo padre.

Una domanda rimase sospesa nell'aria, come il ronzio di un'ape irrequieta: chi era Lysander? E quale ruolo avrebbe giocato nel destino di Astral?

Due guerrieri entrarono nella sala di Adares, inchinandosi al suo cospetto.

Quello di sinistra era il più alto dei due. Una lunga treccia bionda gli scivolava sopra la spalla terminando all'altezza del petto. Due occhi color ghiaccio si abbassarono in segno di rispetto davanti al suo sovrano. Indossava una tunica di lino con sopra una corazza di scaglie, che gli copriva il busto e le braccia. Sul fianco destro, portava una daga di ferro, con l'impugnatura intarsiata di pietre preziose.

I verdi occhi dell'altro indugiarono un secondo di più, poi si abbassarono anch'essi. Aveva capelli castani, portati di lato. Indossava una cotta di maglia con sopra una corazza di cuoio e metallo, decorata con motivi geometrici. Sul fianco sinistro, portava una spada lunga e affilata, con la lama incisa da antichi simboli. Entrambi portavano al collo un pendente con il simbolo di Adares, una gemma viola su sfondo nero. Fu lui a parlare per primo.

«Ci hanno riferito che avevate chiesto di noi. Siamo a vostra disposizione».

Adares si alzò dal suo imponente scanno, sollevandosi lentamente con l'aiuto del suo bastone intarsiato con simboli runici e la pietra dell'oscurità che emanava una luce facinorosa.

Molto bene!» esclamò Adares con un sorriso solenne, iniziando a scendere le scalinate con passo deciso, il bastone che risuonava ad ogni suo passo mentre le torce gettavano sinistre ombre sulle pareti.

«Se vi ho convocato, è perché siete i migliori guerrieri del mio esercito. Avete dimostrato sul campo di battaglia un grande valore, per questo ho deciso di ricompensarvi. Due delle ultime quattro pietre del sigillo sono state finalmente recuperate. Con queste, le nostre ambizioni di conquista fanno un ulteriore passo avanti. A voi affido il compito di farle brillare e di sfruttare appieno il loro immenso potere».

Ormai in fondo alla scalinata, con un gesto del bastone fece segno al biondo di alzarsi.

«Saris, a te affido la pietra azzurra. La potenza del leggendario leviatano scorrerà nelle tue vene. Col tempo imparerai ad apprendere ogni singolo potere che questa pietra sarà in grado di darti».

Così dicendo porse il prezioso amuleto nelle sue mani. Saris ringraziò con un cenno della testa il suo sovrano. Poi fu il turno dell'altro.

«Tev, in questi ultimi anni mi hai dimostrato di essere diventato un grande guerriero, maturo sotto ogni punto di vista. Nonostante la tua giovane età, ho perciò deciso di ripagarti con la pietra rossa; la pietra della sacra fenice».

Dopo aver porto la pietra nelle sue mani, proseguì: «Adesso non ci resta che fare l'iniziazione. Sono sicuro che non mi deluderete…».

Adares li condusse verso una porta nascosta dietro il trono, che si aprì con un sinistro ciglio. Dietro, c'era una stanza buia e umida: al centro un grande altare di pietra, sopra il quale brillavano due calici d'argento.

«Questa è la camera dell'iniziazione», disse Adares con una voce cupa. «Qui, le pietre del sigillo si fonderanno con il vostro sangue e la vostra anima, donandovi poteri incredibili. Ma non sarà facile. Dovrete versare il vostro sangue nei calici insieme alla pietra, e bere il liquido che ne risulterà».

Saris e Tev si guardarono negli occhi. Non sapevano cosa li aspettava, ma sapevano che non avevano scelta. Se avessero rifiutato, Adares li avrebbe uccisi senza pietà. Così, annuirono in silenzio, e si avvicinarono all'altare.

Lo stregone li fece salire sull'altare, e li fece inginocchiare davanti ai calici. Poi, prese un pugnale dalla sua veste, e lo usò per tagliare le loro mani. Il sangue sgorgò dalle loro ferite, e cadde nei calici insieme alle pietre. Queste si illuminarono, e il liquido cambiò colore. Adares ripose il pugnale, e disse a Saris di bere il calice con la pietra azzurra. Poi, fece lo stesso con Tev, intimandogli di bere il calice con la pietra rossa.

Saris e Tev obbedirono, e portarono i calici alle loro labbra. Appena bevvero il liquido, sentirono un fuoco bruciare dentro di loro, che li consumava lentamente. Il loro sangue si ribellò, e le loro vene si gonfiarono. Adares li osservava con un sorriso malvagio, mentre il suo bastone emanava una luce sinistra sempre più intensa.

«Resistete, miei cari», disse Adares con una voce melliflua. «Presto, sarete i miei guerrieri perfetti. Presto, sarete i miei figli...».

Una fiamma di drago più tardi, le coste di Acquaris tremavano mentre un mostro marino orribile emergeva dalle profondità, le squame scintillanti sotto il sole del tramonto. Più in alto, una scia scarlatta si stagliava sullo sfondo azzurro del cielo.

Uscita dalla casa di Brisilide, Astral vide le fiamme divampare al di là dei monti. I tipici suoni che contraddistinguono una feroce battaglia erano cresciuti d'intensità; lo scontro doveva essere ormai entrato nel vivo. Salì in groppa a Mapet e lo spronò a dirigersi il più veloce possibile verso nord. Prima di iniziare la sua missione, c'era una cosa infatti che doveva fare. Sua madre viveva in quelle terre e adesso che erano il prossimo obiettivo del nemico non erano più sicure.

È vero, lei viveva abbastanza a nord. Probabilmente prima che le legioni nemiche sarebbero riuscite ad arrivare fin là sarebbero passate settimane, mesi; con un po' di ottimismo forse non ci sarebbero mai arrivate. Ma adesso non era tempo di fare calcoli. Non sapeva quanto tempo avrebbe impiegato prima di trovare la pietra e le condizioni di sua madre erano tutt'altro che favorevoli. Se fosse riuscita a portarla nel regno di Luxis, al sicuro, sarebbe stata più tranquilla. Non voleva rischiare di perdere anche lei, l'unica persona che le rimaneva dopo la scomparsa di suo padre.

Ripensò a pochi respiri di drago prima, quando era stata là per trovare la pergamena di suo padre. Non aveva avuto il tempo neanche di salutarla. Tuttavia, non le era sembrato che stesse così male, anzi, rispetto all'ultima volta che l'aveva vista, le era parso che fosse migliorata. Le sue condizioni rimanevano però molto delicate. Mentre il vento le sferzava i capelli, sentì un brivido correrle lungo la schiena. Con un colpo deciso, spronò Mapet ad andare più veloce.

Dopo due fiamme di viaggio aveva ormai messo diverse leghe fra sé e quella che un tempo era stata l'abitazione di Brisilide. Ripensando a quella donna, Astral rabbrividì all'idea di aver parlato con una persona morta da più di cinque anni. Durante il viaggio la sua mente si era svuotata, aveva pensato solo a sua madre e alla missione che l'attendeva. Ma adesso che era prossima alla meta, che il vento sussurrandole alle orecchie cominciava a diradare la nebbia che le stava avvolgendo la mente, la consapevolezza di quell'evento così unico, straordinario e inquietante allo stesso tempo prendeva prepotentemente consistenza. Chissà come era stato possibile, quanto bisognava studiare per riuscire a fare una cosa del genere... Probabilmente era unica. Già, lei era la sola che poteva aiutarla. E l'aveva fatto. Nonostante tutto, persino la morte.

Per un attimo la sfiorò persino il pensiero di aver sognato tutto. Era tutto così assurdo. Da quando era uscita dal Consiglio nulla aveva più avuto un senso. Negash, suo padre, le pietre del sigillo, Brisilide... poi un tuono alle sue spalle le rammentò che era tutto vero. Per quanto la sua mente si sforzasse di digerire tutte quelle notizie, si rendeva conto che non era affatto facile affrontare quella situazione lucidamente. L'idea che non potesse essere all'altezza della situazione le penetrò fin dentro le ossa. «*No, non andrà così. Mio padre ha creduto in me, e io non lo deluderò*».

Illuminato da una falce di luna che brillava nel cielo, Mapet continuava la sua galoppata sulla fresca erba di Eris, con la criniera che baciava il vento, la rugiada fresca che rinfrescava i suoi zoccoli; intorno i colli rincorrevano i campi sotto un cielo di stelle e l'aria profumava di cenere e lavanda. Ormai non mancava molto e la sua casa cominciava a intravedersi all'orizzonte. Pensò che probabilmente sua madre stesse dormendo, ma che sarebbe stata comunque contenta di quella visita.

Arrivata davanti all'abitazione scese da cavallo ed entrò trafelata in casa, facendo attenzione a non fare molto rumore.

«Madre, sono io, Astral. Sono tornata perché queste terre non sono più sicure. Ti porterò a Luxis, là sarai al sicuro» disse, rimanendo sull'ingresso per darle modo di prepararsi. Dall'altra parte nessuna risposta. *«Forse non mi ha sentito»*.

«Madre» urlò con più convinzione. «Madre!».

Con l'ansia che cresceva e il battito del cuore che accelerava rapidamente si diresse verso la camera da letto.

«Sono io, As...». Le parole le si strozzarono in gola una volta varcata la soglia. Non riusciva a credere a quello che vedeva davanti ai suoi occhi. Il letto era ancora intatto. Più in là, appoggiata al canterano, sua madre giaceva a terra.

Astral si precipitò subito verso di lei. Chiamandola, scuotendola. Cercando un segno di vita. Niente. Il suo cuore aveva smesso di battere. Sul suo volto un lieve sorriso sulle labbra. Sebbene non fosse più in questo mondo, la sua espressione sembrava comunque felice, viva. Astral notò una lacrima sull'occhio sinistro, un rivolo che si era fermato prima di trovare il mare. Strinse con forza la sua testa al petto. E pianse. Un pianto senza fine. Sembrava che quel giorno fosse destinato a farle versare le lacrime per una vita intera. Si maledisse mille e ancora più volte per non esserle stata accanto negli ultimi momenti della sua vita. Che senso aveva adesso la missione? Adesso che non aveva più nessuno, che non le era rimasto che il ricordo delle persone che amava, per chi o cosa valeva la pena vivere, chi le avrebbe dato la forza di andare avanti...

Alzando lo sguardo scorse una boccetta verde, la medicina di sua madre. Non aveva fatto in tempo ad arrivarci. E tutto ciò era successo poco dopo che lei era andata via con Negash. Se solo fosse stata un soffio di drago in più, si fosse sincerata delle sue condizioni, le avesse dato lei la medicina. No, non era colpa sua; ma i sensi di colpa la divoravano ugualmente.

La adagiò dolcemente sopra il letto, le braccia distese lungo i fianchi. Poi uscì fuori. Urlò contro il cielo, corse all'impazzata stringendo i denti e ingoiando lacrime che non aveva più voglia di versare. A un tratto sembrò non sentire più la fatica di quella giornata. Correva e basta. Senza sapere dove, perché... aveva soltanto voglia di correre via da lì, lontano da tutto, da tutti; da un mondo che iniziava a odiare con tutte le sue forze. Solo quando il verde delle praterie lasciò il posto allo stretto lembo di costa sabbiosa di Eris, Astral terminò la sua folle corsa. Si sedette sulla spiaggia, tenendo la testa fra le ginocchia, e pianse silenziosamente.

Il vento spirava prepotentemente in direzione dell'oceano, come accade solitamente di notte sulla riva, alzando la sabbia che andava a pungerle la pelle e facendole volare i lunghi capelli biondi davanti agli occhi.

Si rivide bambina, ancora una volta. Suo padre la portava spesso in quel posto. Le raccontava un sacco di cose su quell'immensa distesa blu. Storie, miti, leggende, mostri marini. Lei adorava starsene lì con lui ad ascoltare quelle storie, a sentire la sabbia solleticarle gli zigomi e il vento sferzale i capelli.

Non v'era mai tornata da sola, e tornarci proprio adesso poteva sembrare una forma di crudele masochismo. Eppure, se metti una mano sopra un ago ti pungi; ma tanti aghi messi insieme pungono di meno, come le aveva insegnato sua madre. Così lasciò che tutti i ricordi più dolorosi penetrassero la sua mente. Si morse un labbro fino a farlo sanguinare mentre le mani affondavano nervosamente sulla sabbia, stringendola con tutta la forza che aveva.

A un tratto una mano ancora insabbiata corse al viso, sistemando una ciocca di capelli dietro all'orecchio e rivelando uno sguardo deciso. Nonostante il luccichio al chiaro di luna per le lacrime che fino a un attimo prima le erano scese, dai suoi occhi adesso trapelava solo una grande determinazione.

Avrebbe portato a termine la missione. Non è vero che non aveva nessun motivo per farlo. Al contrario, ne aveva uno in più.

Sulle terre di Atis il forte temporale non sembrava intenzionato a smettere. Immense nubi nere come la pece oscuravano il castello di Adares, rischiarato di tanto in tanto da inquietanti lampi che squarciavano il cielo. Al suo interno Adares si stava recando con passo deciso verso l'ala ovest, un privilegio concesso a pochi eletti. Dopo qualche respiro di drago passato ad attraversare tenebrosi cunicoli di pietra, due guardie si intravidero davanti a un piccolo e massiccio portone. Misero subito le lance in posizione eretta per permettere al loro padrone di avere accesso alle prigioni della torre.

A decine di braccia di profondità si trovavano tutti i prigionieri che erano stati fatti fino a quel momento: uomini, elfi, gnomi... non aveva alcuna importanza quale fosse la loro estrazione genetica, l'unica cosa che importava era che avevano battuto il campo di battaglia sotto la bandiera del nemico. Nella sua sfrenata presunzione, Adares pensava quanto stupidi fossero stati a non allearsi con il suo esercito; e quanto si sarebbero pentiti della loro scelta.

In verità, molti avevano cambiato bandiera una volta fiutato da che parte spirava il vento. In molti cuori l'istinto di sopravvivenza era prevalso al senso di *giustizia*. La specie in cui vi era la maggior parte dei «traditori» erano sicuramente gli uomini; benché odiassero come tutti Adares e il suo esercito, la codardia di molti li aveva spinti a combattere contro i loro vecchi compagni, lasciando che la loro paura per un esercito apparentemente invincibile sopraffacesse il loro orgoglio e la loro voglia di libertà. I metodi di persuasione dei Dorfan si erano rivelati una formidabile arma a riguardo. Le loro promesse di vita eterna e di un «nuovo ordine» avevano fatto vacillare le loro convinzioni. E nessuno li biasimava per questo.

«Chi lascia la propria nave prima che affondi non merita di vivere». Questa invece l'opinione degli gnomi, i più forti a resistere alla tentazione di schierarsi con il nemico. Esseri rozzi, scorbutici, irascibili: il loro orgoglio superava qualsiasi cosa. Vedere uno gnomo passare nello schieramento nemico era quanto meno raro; non rientrava nell'indole di quegli esseri, nella loro natura selvaggia.

Progressivamente che Adares scendeva gli stretti scalini a spirale che conducono alle carceri, urla strazianti di dolore e disperazione diventavano sempre più nitide, facendogli abbozzare un sorriso; intanto la sua ombra, prodotta dalle deboli torce appese sui muri, ondeggiando avanzava inesorabilmente verso le viscere di Oblivium.

Dopo una lunga discesa, lo spazio che si presentò davanti ad Adares appariva tanto immenso quanto terrificante: migliaia e migliaia di esseri incatenati si agitavano copiosamente. Ai piedi di ognuno, vistose chiazze di sangue bagnavano i loro piedi e la terra sottostante. A quel livello non esisteva più un pavimento; anche le pareti e la struttura non seguivano più un vero e proprio schema. Ad alte e robuste colonne, dove venivano incatenati molti prigionieri, si alternavano grandi spazi vuoti, celle, luoghi di fabbricazioni di armi ove a turno venivano portati gli schiavi per costringerli a fabbricare le armi del nemico. Grosse guardie poste a presidio di ogni zona vigilavano affinché nessuno osasse ribellarsi. Chi provava soltanto a lamentarsi veniva brutalmente frustato senza pietà.

Nonostante l'asimmetria che caratterizzava quel luogo, delimitato in un geoide allungato dalle ruvide pareti rocciose che correvano per miglia e miglia prima di ricongiungersi, un abbozzo di schema lo aveva persino quel posto: l'angusto spazio era infatti suddiviso in quattro aree. Una prima, a destra, dove venivano portati i prigionieri per la fabbricazione delle armi, mentre le altre tre erano suddivise in modo da dividere uomini, gnomi ed elfi. Quest'ultimi erano sicuramente i meno numerosi. Probabilmente la loro abilità di arcieri aveva fatto sì che durante gli scontri fossero più lontani dal campo di battaglia; in tal modo era più difficile che cadessero in mano del nemico.

Adares fissava soddisfatto quello spettacolo, il bastone ben stretto tra le ossute dita. Sceso l'ultimo scalino un grosso uomo dal torso nudo e da una grossa cicatrice che gli attraversa il petto si prostrò servilmente ai suoi piedi.

«Salve Maestà. Ditemi come posso esservi utile» grugnì, tenendo basso lo sguardo, mentre tutt'intorno un rumoroso silenzio calava rapidamente. Il tanfo di sangue e di morte sembrava ancora più acre, adesso che neanche più un rumore aleggiava nell'aria. Adares fece cenno a quello che con tutta probabilità era il guardiano delle carceri di alzarsi, e con lui a tutti gli altri suoi membri che avevano smesso ciò che stavano facendo per inchinarsi al proprio padrone. Poi, guardando con aria di sfida quella massa di perdenti, si apprestò a parlare.

«Vedo che la vostra produzione di armi sta andando molto bene. Vi sono molto grato; e sono certo che anche i vostri ex commilitoni sarebbero più lieti di trovare la morte per causa di una lama fabbricata da voi, se lo sapessero...». Un ghigno malcelato accompagnò la frase, provocando la reazione composta dei prigionieri che si limitarono a lanciargli occhiate di fuoco.

«Alcuni di voi sono qui da molto tempo, altri da meno, ma sono sicuro che tutti avrete modo di rendervi utili alla *mia* causa. E visto che odio i giri di parole vi dico subito che questo è lo scopo della mia visita. In passato vi avevo detto che un giorno vi sareste rivelati *più utili*. Ebbene, quel giorno è arrivato. Gioite, perché da oggi voi non produrrete più le mie armi: da oggi voi *sarete* le mie armi!».

Le rocciose coste di Uris erano schiaffeggiate dalle violente onde, il loro ruggito sincronizzato al sospiro del vento notturno. Il salmastro permeava l'aria, e il suono delle onde frangenti si fondeva con il suo canto. Molte miglia più a est, nel cielo velato da sottili strati di nubi, un elegante cavallo bianco stava volando proprio in quella direzione. Sulla sua groppa, una giovane ragazza dai lunghi capelli d'oro che fluttuavano nella notte.

Astral si trovò ancora a sorvolare con Mapet quel pezzo di oceano che divideva il suo regno dal Grande Continente. La sua mente adesso era libera. Non c'era rabbia. Non c'era amarezza. Non c'era tristezza. Dai suoi occhi trapelava solo determinazione: da quando si era rialzata in piedi sulla spiaggia era la sola cosa che la spingesse.

Quando le lacrime erano finite e il sole aveva illuminato il suo volto, si era voltata verso la sua abitazione per tornare da Mapet; ma si era presto accorta che non ce n'era bisogno. Da fedele compagno di viaggio qual era, l'aveva seguita fino alla riva, rimanendo ad alcune braccia di distanza da lei a osservarla. Dopo molti anni insieme, sembravano ormai una cosa sola e fra loro si era instaurata una sintonia tale che talvolta Astral non doveva neanche dirgli cosa dovesse fare. E così era stato anche questa volta. Al compagno di mille avventure era bastato un semplice sguardo per intendersi. Dopo essere salita, Astral aveva pronunciato l'incantesimo per far evolvere Mapet, facendogli spiegare le ali verso est, verso Luxis. Così adesso sorvolavano l'oceano, puntando dritti verso le terre di Uris che si frapponevano fra loro e il regno di Luxis.

Nonostante non avesse la benché minima idea di dove andare a cercare quell'uomo, Astral sapeva in cuor suo che in un modo o in un altro lo avrebbe trovato. Brisilide qualche indicazione a riguardo gliel'aveva pur data. Sapeva il nome e sapeva che si trovava nella parte sud del regno di Luxis, in prossimità del fiume Koert, come aveva intuito dalla sfera di Brisilide e come lei stessa le aveva rivelato. Sfortunatamente, gli elementi rimanevano sempre troppo pochi e generici per trovare una persona che aveva visto una sola volta in una sfera di cristallo. E il tempo che aveva a disposizione era un altro elemento che le navigava contro. Se i suoi nemici avessero trovato la pietra prima di lei sarebbe tutto finito, ogni piccola illusione di vincere la guerra se ne sarebbe andata per sempre; perché l'unica speranza per le terre di Oblivium adesso, anche se nessuno a parte Negash lo sapeva, era lei. E ora più che mai sentiva quel fardello gravare sulle sue spalle. Eppure, tutto ciò non faceva altro che aumentare la sua determinazione. Non aveva paura di fallire. Era solo convinta di farcela. Il cielo aveva due stelle che la osservavano. E lei non le avrebbe deluse.

L'oceano è solo la prima breve tappa che doveva superare. Quando intravide le frastagliate coste di Uris il sole era ormai alto nel cielo e i tenui colori rosa-arancio all'orizzonte avevano lasciato posto a più intense sfumature. Scesi a terra, Astral decise di fare provviste: la partenza era stata affrettata e le era passato di mente preparare delle riserve per il viaggio. Fortunatamente, la regione offriva un'ampia varietà di frutti, e questo avrebbe fornito un'opportunità ideale per consentire anche a Mapet di riposarsi.

Quando ebbe finito di raccogliere tutto ciò che la madre terra poteva offrirle, si rimisero in marcia in direzione di Luxis. Lo stretto lembo di terra che li separava da esso gli permetteva di raggiungerlo già prima che calasse il sole, come del resto era avvenuto il giorno precedente. Eppure, adesso la sua meta era ancora così lontana. Quello di Luxis, infatti, era il più grande degli otto regni di Oblivium. La sua estensione in larghezza correva per miglia e miglia e il Koert si trovava proprio nella parte sud-est del regno, il che avrebbe significato alcuni giorni in più di marcia prima di arrivarvi. Se avesse potuto far spiegare le ali a Mapet ci avrebbe messo molto meno. Ma quelle erano terre di confine con il regno di Ignis, terre di scontri. Non poteva rischiare di essere notata.

Una volta raggiunto, poi, la sua missione non sarebbe stata che all'inizio. Benché parte del fiume si trovasse anche nel regno di Ignis, dove nasceva dalle pendici del vulcano Kuri Kuri, la maggior parte si snodava nelle terre di Luxis come un enorme serpente, attraversandolo per molte miglia prima di terminare la sua corsa nell'oceano. Il punto di inizio delle ricerche sarebbe stato proprio quello. Una volta trovata la testa del serpente avrebbe seguito il suo corpo, finché non avesse trovato l'ultima pietra del sigillo.

Dopo un paio di fiamme di drago che percorrevano le verdi praterie di Luxis, il sole cominciò a giocare a nascondino con i monti e l'orizzonte. Astral decise di fermarsi per riposarsi. Erano ormai più di due giorni che non dormiva e finito l'effetto dell'adrenalina e del susseguirsi di emozioni che aveva provato, la stanchezza la colpì all'improvviso, facendole ricordare che il suo fragile corpo aveva bisogno di riposo. Si accampò ai piedi di una grande quercia e, dopo aver fatto una scarna cena, si addormentò in un soffice sonno, cullata dal leggero fruscio degli alberi.

Quando una piccola striscia luminosa filtrò dagli alberi, illuminandole il viso, aprì a fatica gli occhi, subito feriti dalla luce rosa dell'alba. Un nuovo giorno era iniziato ed era l'ora di rimettersi in marcia. Mapet era già sveglio e stava brulicando l'erba bagnata dalla rugiada mattutina. Riordinò la sua bisaccia e si mise nuovamente in marcia.

Dopo quella notte le soste erano diventate sempre più rade e corte. Il Koert era lontano e il tempo che avevano a disposizione si srotolava come un nastro che si scioglie troppo in fretta. Così, le interruzioni erano state ridotte allo stretto indispensabile. Avevano attraversato praterie, boschi, monti, torrenti; avevano visto il sole nascere e morire molte volte; avevano viaggiato sotto ogni condizione meteorologica. Negli ultimi giorni la temperatura si era drasticamente abbassata. L'inverno era ormai alle porte e i suoi effetti iniziavano a palesarsi: dapprima solo con la temperatura sempre più rigida; poi anche con i primi fiocchi di neve che imbiancavano il suo copricapo calato sul volto.

Presto, si ritrovò a fissare un paesaggio completamente bianco. Si strinse ancor di più nel mantello e spronò il suo cavallo a proseguire lungo la costa sud del regno, dove sapeva finire la corsa del fiume che stava cercando. Ad un tratto Mapet rallentò improvvisamente la sua andatura, dando l'impressione di essere in equilibrio precario. Astral gli intimò prontamente di fermarsi, anche se questo sembrava non dipendere del tutto dalla sua volontà. Una volta fermo, Astral scese da cavallo, confusa. Appena mise piede a terra capì subito perché il suo destriero avesse avuto problemi a restare in equilibrio. Il soffice manto nevoso aveva lasciato posto a una distesa gelata.

In meno di un soffio di drago, Astral capì di cosa si trattasse: la rigida temperatura aveva fatto gelare il Grande Fiume, sul quale adesso si trovava. Non le sembrava vero: aveva viaggiato per giorni e giorni per trovare quel fiume e adesso vi era quasi cascata dentro senza rendersene conto. Appoggiandosi a Mapet per non perdere l'equilibrio, le venne da sorridere.

Mentre attraversava il fiume gelato, a fianco del suo cavallo bianco come la neve che la circondava, osservò come sfumasse nell'oceano con delle grosse punte ghiacciate che si propendevano verso di esso.

Quando i suoi piedi pestarono nuovamente la croccante neve, Astral montò in groppa a Mapet, spronandolo a risalire il corso del fiume. Dopo poche fiamme di drago, un piccolo villaggio apparve in lontananza. Con un po' di fortuna poteva essere proprio quello il borgo che stava cercando. Dei tanti interrogativi che aveva in testa, quello rappresentava comunque una certezza: di sicuro sarebbe stato il luogo da cui sarebbe iniziata la sua ricerca.

Con lo sguardo fisso davanti a sé, spronò Mapet ad andare più veloce.

Quando Adares aveva finito di pronunciare la lunga formula magica, dalla pietra incavata nel suo bastone era partito un fascio viola di luce che aveva colpito tutti i prigionieri umani. Questi si erano dapprima contorti in atroci smorfie di sofferenza, urlando per il dolore, come se un fuoco interno li consumasse. L'aria fu riempita dai loro lamenti di agonia mentre la magia si insinuava nelle fibre del loro essere, trasformandoli in creature oscure e selvagge. Ogni singolo istante della loro metamorfosi sembrava un'eternità di tormento. I loro corpi avevano cominciato a gonfiarsi innaturalmente, dando quasi l'impressione di esplodere. La loro pelle era diventata sempre più scura, ricoprendosi di una strana peluria grigia che in breve era diventata una sorta di pelliccia che gli ricopriva tutto il corpo. Dalla bocca erano spuntate affilate zanne animalesche mentre gli occhi avevano lasciato posto a due pozze di sangue.

Quando la mutazione era terminata, neanche le catene che li imprigionavano erano riuscite più a trattenere la loro furia. La loro forza andava oltre ogni immaginazione. Sembravano mostri senza controllo, digrignavano i denti come belve ansiose di ridurre in brandelli la loro preda. A quello spettacolo le guardie avevano subito reagito circondandoli, tenendo puntate le lance contro di loro, senza nascondere una certa paura.

«Fermi!» aveva tuonato Adares.

«Non c'è alcun bisogno delle vostre... Ormai... il mio
con...o. Non ci faranno nulla di male...

Le guardie delle carceri... avev... passato lentamente le armi a te...
...rost... che quelle be... avev... ...assal... ...era bastato...
...orio gesto della man... ...res... e ...utte... ...immediat...
prostrate ai suoi piedi. Lo strego... osservò con soddis...
occhi dei Feral... ...pendo di averli ridotti a mario...
presa su di l... ...ra totale, e il mago oscuro ne era f...

...te, gnomi ed elfi guardav... e ...refat...
...cr...dend... ...pri occh... ...imorosi... ...er fa... ...stess... ...e...

...nut... ...mio es...cito!» aveva es...to Adare...

Da oggi voi sarete una nuova, devastante arm... ...ie mani. Io
vi ho creato, io... ho dato una nuova vita, io son... ...solo... ...e come
tale, mi dovet... ...ubbidienza. Prima... avate... ...ti di
oscurità, adesso... ...mma che ...cende... ...iviv... ...tà.
Avete otten...o una... ...straordin... ...ombat...
nell'esercit... ...fer... ...mai esistito... ...che voi l'o...
di solcare il campo di ...ttag... ...vi... ...mise... ...tà...

A quelle parole era se...ito un... ...ori... ...to tren...
le pareti circostanti e non solo. Gli elfi... ...ni, o
trovavano impauriti, inc...aci di nasco...re la pau... ...Gli gn...i,
invece, bruciavano di odio, promettendo vendetta... ...el ...go
oscuro.

Così, adesso che la prima parte della mutazione era compiuta, Adares guardava soddisfatto le sue creature fornirsi delle armi fabbricate da loro stessi quando ancora non erano dei mostri al suo servizio. Si rivolse al resto dei prigionieri, con aria di sfida.

«Che ve ne pare dei vostri vecchi compagni? Adesso sono dei Feralith. Io trovo che siano molto meglio così. Sicuramente, mi saranno molto più utili sotto queste nuove spoglie».

Seguì un silenzio impenetrabile, nessuno ebbe il coraggio di rispondere. Sguardi abbassati e corpi tremanti di terrore, mentre in alcuni occhi si accendeva una fiamma di rabbia repressa.

«Se non vi piace il loro aspetto, ho una buona notizia per voi. Vedete, se vi ho diviso in tre gruppi è perché non tutte le specie reagiscono a tale incantesimo allo stesso modo. Le vostre trasformazioni saranno diverse perché i vostri corpi reagiscono in maniera differente da quelli degli uomini, così come reagiscono in modo diverso fra le vostre due specie. Non voglio anticiparvi ciò che vi attende; concorderete con me che sarà molto più interessante se lo scoprirete da soli...». L'ennesimo ghigno si stampò sotto la sua folta e lunga barba.

«Credo anche di aver deciso chi saranno i prossimi di voi a scoprirlo».

Un fascio di luce viola si diresse là dove erano imprigionati gli gnomi, come una sentenza divina. Il silenzio pesante delle prigioni era rotto solo dal tintinnio della luce magica, mentre gli occhi degli gnomi fissavano il loro destino ineluttabile.

Godendo della sua dominazione, la sua voce echeggiò tra le pareti delle prigioni, annunciando il suo controllo assoluto e la sua determinazione a creare un esercito senza scrupoli.

Stringendosi nel suo mantello a causa del freddo e del forte vento che spirava dall'oceano, Astral si trovava ormai in prossimità del primo villaggio da cui iniziare le sue ricerche.

In un cartello, piantato e terra e ricoperto per buona parte di neve, vi era inciso «Betuliax», il nome di quel villaggio. Le zampe di Mapet affondavano silenziosamente nella soffice neve che ricopriva i vicoli del borgo mentre lei si guardava intorno in cerca di qualcuno a cui poter chiedere informazioni. Intorno aleggiava un bianco silenzio e il villaggio sembrava quasi inabitato.

Mentre qualche fiocco di neve riprendeva a scendere soave, Astral intravide una piccola locanda sulla sua destra, poco più avanti. Scese da cavallo e, dopo averla raggiunta, vi entrò con passo deciso.

La locanda emanava un calore avvolgente, il profumo di legno bruciato si mescolava con l'aroma del cibo cucinato nella cucina dietro al bancone.

«Benvenuta signorina» esordì il vecchio proprietario con voce rauca. Astral si limitò a contraccambiare distrattamente con un cenno del capo, guardandosi intorno in cerca di indizi.

«Cosa posso offrirvi? Abbiamo il miglior idromele di tutto il regno».

«In realtà volevo solo un'informazione. Sto cercando un uomo, il suo nome è Lysander. Mi hanno detto che vive da queste parti ma non precisamente dove. Sapreste fornirmi delle indicazioni a riguardo?».

Il vecchio ci pensò un po' su prima di rispondere, alzando uno sguardo scrutatore.

«Lysander? A essere sincero non ho mai sentito questo nome. Non credo che l'uomo che state cercando si trovi in questo villaggio».

«Ne siete sicuro? Voglio dire, per quanto ne so non vive proprio in un villaggio ma nei pressi di uno di questi. Magari potrebbe essere capitato qui anche solo per prendere qualcosa…».

«Vedete signorina, questo villaggio è molto piccolo. Conta poco più di trecento abitanti e vi garantisco che non c'è anima che io non conosca. Se continuate a cercarlo qui perderete solo il vostro tempo, dovete credermi».

Astral abbassò la testa delusa e, dopo averlo ringraziato, si avviò verso l'uscita. Si morse il labbro inferiore, una scintilla di delusione nei suoi occhi. Aveva sperato di trovare qualche traccia di Lysander, ma la prospettiva che potesse non esserci la colpiva come una gelida raffica di vento. Del resto, doveva aspettarselo. Era il primo villaggio e la prima locanda che visitava: pensare di trovare già indizi era un'illusione. Doveva continuare a cercare, anche se il tempo stringeva.

Mentre stava varcando la soglia dell'uscita, la voce del vecchio richiamò la sua attenzione.

«Vi consiglio di provare a Collex…». Astral si girò con aria interrogativa.

«Non lo conoscete?».

«Veramente… no…».

Il suo sguardo vacillò prima di rispondere, come se stesse nascondendo qualcosa dietro le rughe del suo volto consumato.

«Si trova a dieci miglia da qui. È uno dei villaggi più popolosi della zona e vi sono molte locande. Questo è solo un piccolo sobborgo di passaggio e nessuno arriva fin qua per farsi un boccale di birra. Ma se vive nella zona come sostenete, allora ci sono buone possibilità che sia passato di là».

«Vi ringrazio infinitamente!».

Prima che Astral potesse intraprendere il suo cammino, l'uomo la fermò nuovamente.

«Se volete potete passare qui la notte. Ormai il tramonto è calato e la notte è troppo fredda per proseguire. Ho notato che avete un cavallo, là fuori. Qui dietro ho una piccola rimessa anche per lui, nel caso decideste di restare».

Per qualche soffio di drago, Astral rimase interdetta sulla soglia. Era molto stanca e ormai aveva perso il conto dei giorni da quando si era riposata per l'ultima volta in un letto. Il freddo, poi, in quegli ultimi giorni le era penetrato fin dentro le ossa e alla sola idea di passare un'altra notte all'addiaccio le si rabbrividiva la pelle.

«Va bene» riuscì infine a dire.

Si fece accompagnare nella sua stanza. Poi cadde subito in un sonno profondo, cullata dal dolce ulular del vento.

L'indomani mattina, all'alba, saldò il suo pernottamento e raggiunse subito Mapet per rimettersi in marcia. Il vento ululava con una melodia fredda, portando con sé il profumo pungente dell'oceano che si mescolava con il fresco della neve croccante sotto i suoi piedi. Si sentiva rigenerata dalla dormita e il fatto di sapere che solo dieci miglia più in là potesse esserci il villaggio dove si trovava Lysander le dava una spinta in più per proseguire nel suo viaggio.

Quando il sole cominciò ad affacciarsi all'orizzonte, alcuni dei suoi raggi filtrarono dalle nuvole e illuminarono un grosso cartello con su scritto «Collex», facendo brillare la neve che lo ricopriva. Ai suoi piedi, un cavallo bianco con sopra una ragazza si fermò a contemplarlo.

Un bagliore violaceo, accecante come un fulmine, avvolse gli gnomi di fronte a Adares. Mentre i loro corpi venivano deformati dal potente raggio che fuoriusciva dalla pietra incastonata nell'apice del suo bastone, lo stregone insieme a tutti gli altri presenti osservavano attoniti la scena che si delineava davanti ai loro occhi. Nel mentre, le grida di rabbia, di dolore e di frustrazione degli gnomi riempivano la stanza. Dapprima, per quanto disperate, conservavano un tratto di umanità; poi, contestualmente alla loro mutazione, si trasformavano sempre più in versi animaleschi, fino a perdere anche quel poco di umano che avevano. Quando infine si erano limitati solo a un digrignar di denti o, meglio, di zanne, la mutazione era completa e questi, come per incantesimo, smisero di lamentarsi, felici adesso della trasformazione, contenti del loro nuovo padrone che appariva davanti ai loro occhi come un essere divino.

Tutt'intorno, sguardi increduli si dirigevano in direzione di quelle strane creature. Nonostante le guardie di Adares, così come loro malgrado gli elfi, avessero assistito pochi istanti prima alla mutazione degli uomini, questa, se possibile, era ancora più mostruosa.

Non solo, infatti, gli gnomi avevano perso qualsiasi tratto della fisionomia propria della loro specie, ma tutta la struttura era stata stravolta. Il raggio di magia nera usata dallo stregone li aveva trasformati in fameliche bestie, al cui confronto persino i Feralith co... ...ano molti più tratti antropomorfi. Le braccia erano diventate due pelos... ...che facevano il paio con quelle posteriori. Il loro intero corpo era... ...di una folta pelliccia, con gradazioni che andavano dal grigio al blu. L... ...puntite e ricoperte di una folta peluria. Le zanne... ...bocca semiaperte di un giallo indefinito, ma più ch... ...dimensioni a catturare l'attenzione. Infine, una grossa... ...loro fondo schiena, prolungando la loro colon...

"Co... ...trovavano delle specie di grossi lup... ...osa di poter sbranare qualcuno... ...questi non esitarono a spezzare o... ...ochi attimi prima li stavano tenendo p... ...a che le guardie potessero intervenir... ...non intromettersi.

...ene, v... ...trasformazione è stata portata a termi... ...successo», Adares an... ...o. «Prostratevi davanti al vostro nuo... ...che... oggi non sare... ...insignificanti e rozzi gnomi. Siete ora i... ...ature più... Oblivium. Grazie a me avete appena ricevu... ...sso per certo... che sarete... ...cipagare questo mio grande... ...re stess... ...e vite al mio servizio».

...vv... ...ati il suo creatore, sembravano capire ciò che gli veniva detto da A... ...cambi... ...rono con un ululato di approvazione.

Con due ter... ...ello spazio ormai popolato da mostri snaturati, Adares si diresse in direzione d... ...li e... l'ultimo capitolo di un oscuro esperimento che aveva pianificato con cu...

«A quanto pare siete rimasti solo voi. Se vi ho lasciati per ultimi, in realtà, c'è un motivo ben preciso. Prima di venire qui ho fatto molti esperimenti sulle vostre razze, perché ogni specie ha dei tempi e dei modi differenti di reazione alla magia. Mi ci sono voluti mesi, anni, per capire quali fossero le formule giuste. Decine di cavie sono decedute mentre tentavo di arrivare alla formula definitiva. Ma, a quanto pare, le loro morti non sono state vane perché sono servite a realizzare uno scopo superiore. Le vite dei singoli, in fondo, non sono nulla in confronto al dominio che mi appresto a estendere su tutte le terre e su tutti i mari di Oblivium».

Parlando con voce calma, Adares si mosse in modo sinistro tra gli elfi, osservando attentamente le loro reazioni con un ghigno sardonico, godendosi la loro crescente angoscia.

«La vostra specie è stata senza dubbio la più difficile da manipolare. Colpa di una struttura genetica molto più complessa di quella di tutte le altre specie. A differenza degli gnomi, la cui struttura per quanto può sembrar strano era già vicina a quella dei Fenrir, la vostra risultava ben più articolata. Così, come potete immaginare, molti più elfi sono morti rispetto a umani e gnomi. Un vero peccato, visto i risultati strepitosi che sono riuscito a ottenere con voi. Se non altro, sono contento di non aver perso tempo inutilmente. Al contrario, voi siete quello che si può definire la punta di diamante di tutti i miei esperimenti».

Si fermò per l'ennesima volta davanti ai loro occhi, un ghigno stampato sulla faccia.

«Pensate, è stata una tal soddisfazione che mi dispiaceva persino trasformarvi senza prima farvi sapere cosa sareste diventati. Una volta terminata la mutazione, infatti, così come è successo per gli altri, anche voi non ricorderete più il vostro aspetto precedente, le vostre vite. Così, per voi, ho deciso di fare un'eccezione. Dovreste ringraziarmi».

Con un gesto del bastone indicò una gabbia alla loro destra, coperta da un lungo telo bianco e presieduta da due guardie.

«Sapete, è un vero peccato che non eravate numerosi quanto gli gnomi. La vostra forza sarà pari a venti volte quella di un Fenrir».

Al pensiero di come erano stati mutati prima gli uomini e poi gli gnomi, un brivido percorse le loro schiene.

Adares svelò la gabbia con un gesto teatrale. Il loro destino, oscuro e terrificante, si stagliava di fronte a loro come un abisso senza fine. Un silenzio pesante aleggiava nella stanza, rotto solo dalle parole di Adares: «Considerate questo come uno specchio del vostro futuro... e preparatevi ad accogliere la vostra nuova esistenza con me, il vostro creatore».

Le zampe di Mapet affondarono caute nella soffice neve fresca, che copriva il villaggio di Collex con un manto candido. Il profumo di legna bruciata e pane appena sfornato s'insinuava nell'aria gelida, mentre i suoni lontani di una sega e il canto di un uccello coloravano il paesaggio di vita.

Dall'alto del suo bianco destriero, Astral si guardò attorno, mentre si toglieva il cappuccio facendo brillare i suoi capelli biondi ai primi raggi del giorno. All'alba solo pochi commercianti erano già in strada per allestire i loro banchi. Per lo più venditori di frutta e verdura che stavano posizionando le merci sui propri banconi. Le locande erano invece ancora chiuse, in attesa che gli abitanti si svegliassero e scendessero in paese per la colazione.

Astral scese da cavallo e si avvicinò a quello che senza dubbio doveva essere l'uomo più anziano tra i mercanti.

«Scusate…». Astral tentò di interrompere la frenetica attività del vecchio.

«È ancora presto. Non vedete che sto preparando il banco? Tornate più tardi» rispose bruscamente il vecchio, senza neanche degnarla di uno sguardo.

«Veramente volevo solo un'informazione».

Il vecchio alzò la testa, scrutando la ragazza. Accarezzandosi la barba ingiallita dal tempo, chiese allora alla ragazza di cosa si trattasse.

«Sto cercando un uomo con lunghi capelli castani, di carnagione olivastra. Si chiama Lysander, so che vive da queste parti. Potete aiutarmi?».

«Sinceramente non conosco nessuno con le caratteristiche che mi avete appena descritto. O comunque al momento non lo ricordo. Fareste meglio a provare in un'osteria. Tutte le persone del villaggio e dei dintorni le frequentano e avrete molte più possibilità di trovare ciò che cercate là piuttosto che da un vecchio commerciante di pomodori. Adesso, se voleste scusarmi, avrei da fare...».

Astral ringraziò, allontanandosi mestamente. Vicino c'erano altri mercanti, ma decise di lasciar perdere. Avrebbe aspettato che il sole fosse alto nel cielo e il villaggio più popolato per proseguire nelle ricerche. Nel frattempo, ne approfittò per fare un giro nel borgo ancora semideserto per studiarlo. Percorse uno ad uno tutti i viottoli e i chiassi in groppa a Mapet, cercando di memorizzare tutte le locande e le osterie che vi erano. Era un villaggio molto grande, almeno dieci volte di più di Betuliax. L'uomo della locanda le aveva detto il vero. Se Lysander fosse stato davvero in quella zona, sarebbero state molte le possibilità che fosse capitato in quel villaggio. Il rovescio della medaglia era che un grande villaggio, oltre a significare molte opportunità, rappresentava anche il rischio di perdersi tra le vie affollate.

Le domande si insinuarono nella sua mente come tarli nel legno: quanto sarebbe stato il tempo che avrebbe dovuto dedicare a quel villaggio prima di passare ad un'altra meta? Una settimana? Un mese? E se poi non l'avesse trovato cosa avrebbe dovuto fare, cercare altrove rischiando di lasciarselo alle spalle o rischiare di perdervi ancora tempo inutilmente?

Tutti quei pensieri si accavallarono nella testa di Astral e le morsero lo stomaco. Decise di farsi forza, di pensare positivo. Sua madre le aveva insegnato che la vita era una sfida, e che bisognava affrontarla con coraggio e determinazione. Non si sarebbe lasciata abbattere dalle difficoltà, né si sarebbe arresa al destino.

Quando la mattina era inoltrata e il sole alto nel cielo da alcune fiamme di drago, le strade che fino a poco prima aveva percorso erano ormai riempite dal vociar di decine di persone che vi si erano riversate. Chi per lavoro, chi per divertimento, chi per noia. Alcuni bambini poco più in là stavano schiamazzando divertendosi a tirarsi pallate di neve. La mamma di uno di questi, con i capelli intrisi di neve, lo afferrò per un braccio e lo trascinò via, ignorando le proteste del bambino.

Astral assicurò Mapet a un albero. Poi, con passo deciso, entrò nella locanda più vicina. Dentro, solo un paio di persone appoggiate al bancone; non le ci volse molto per capire che nessuno dei due era l'uomo che stava cercando. Evidentemente era ancora presto. In serata avrebbe avuto molte più possibilità di trovare ciò che cercava. Si avvicinò all'oste, un grosso uomo con dei vistosi baffi castani.

«Scusate, sto cercando una persona, so che vive da queste parti...» iniziò Astral, fornendogli una descrizione più dettagliata possibile dell'uomo che stava cercando. Quando ebbe finito, l'oste si massaggiò per qualche istante i lunghi baffi, cercando di ricordare.

«Sinceramente al momento non mi viene in mente nessuno in particolare. Qui dentro passano decine di uomini al giorno... mi vengono in mente fin troppe persone con quelle caratteristiche. Il nome poi... non mi è di grande aiuto, raramente conosco l'identità dei miei clienti. Vi consiglio di tornare stasera. Se abita nella zona sarà sicuramente stato nel mio locale, non per vantarmi ma è il migliore del villaggio. Dovreste venire più spesso anche voi. Le belle fanciulle sono sempre le ben accette nel mio locale».

Astral abbozzò un sorriso e così come era arrivata, uscì dal locale. Non volendo aspettare la sera, si recò subito in un altro locale.

Dopo cinque osterie visitate senza risultati, decise di tornare da Mapet per mangiare qualcosa. Le vivande rimaste bastavano solo per quel pasto, presto sarebbe dovuta andare a comprarle. Già, alcune cose bastava il denaro per averle. Ma quelle di cui Astral aveva davvero bisogno non si potevano comprare. Se le vivande scarseggiavano, c'era il mercante di frutta; se le speranze diminuivano, c'erano solo i suoi ricordi e la sua ostinazione a darle la forza di andare avanti.

Al tramonto di un giorno grigio, il regno di Atis vide formarsi l'esercito più potente che avesse mai calcato le terre di Oblivium. Ai piedi della roccaforte di Adares, davanti a loro, i cinque generali più valorosi dell'esercito erano stati richiamati all'ordine dallo stregone.

«Sono lieto di vedervi tutti qui riuniti» esordì, scrutando i generali con occhi penetranti.

«Come potete vedere, da oggi abbiamo dei nuovi guerrieri al nostro servizio».

Gli sguardi dei generali scrutavano le strane creature che si trovano davanti a loro. Non sembravano avere nulla di umano; gli occhi privi di emozione erano fissi su un punto invisibile all'orizzonte, dando l'impressione di essere vuoti e privi di vita. Alcuni erano decisamente più vicini all'aspetto di una bestia che non di un essere umano; altri erano solo dei mostri indefiniti; infine, più defilati, un gruppo di poco più di cento elementi aveva un aspetto semplicemente inquietante.

I cinque guerrieri del sigillo guardavano compiaciuti le loro nuove armi al loro servizio. Taran, custode del tuono. Saris, custode dell'acqua. Tev, custode del fuoco. Lia, custode delle sabbie. E infine Doran, custode della terra. Ognuno di loro aveva ricevuto la pietra che meglio si adattava alla sua personalità e al suo stile di combattimento.

«Voi siete i migliori guerrieri del mio esercito, e per questo ognuno di voi è già stato ricompensato con una pietra del sigillo che gli ha dato poteri straordinari. Ma da oggi avrete un altro, formidabile aiuto dalla vostra parte. Questi che state vedendo davanti a voi sono i guerrieri più forti che abbiano mai calpestato le terre di Oblivium. Dopo di voi, naturalmente. Per questo ho deciso di affidarli ai migliori».

«Scusate signore...». A prendere la parola fu Tev, il più giovane dei generali.

«In vita mia non ho mai visto delle simili creature. Come facciamo a comunicare con loro? E ad avere la certezza che siano dalla nostra parte?».

«Per questo non vi dovete preoccupare. Queste che avete davanti agli occhi sono delle creature create da me, e solo da me e dai miei sottoposti prendono ordini. Comprendono la nostra lingua e come vedete hanno appena capito che da oggi in avanti siete voi i loro padroni».

Tev, il custode del fuoco, non si fidava delle parole dello stregone. Guardò con sospetto le creature, che avevano forme e dimensioni diverse, ma tutte mostravano segni di magia. «Che cosa sono queste creature?» chiese a voce alta. «Da dove vengono?»

«Queste creature sono il risultato di trasformazioni da altre specie: uomini, gnomi ed elfi. Gli uomini sono stati tramutati in Feralith, alla vostra sinistra; gli gnomi in Fenrir, quelli che vedete al centro; e infine, alla vostra destra, gli elfi in...».

Upir. Il telo che _____ _____ un Upir, la leggendaria creatura non-morta che ____ _____ _____ ____ sangue per sfamare il suo appetito. L'aspetto degli _____ era stato _____ ____ quello di uomini e gnomi. Anzi, a parte il _____ettamente _____ _____ _____etto era rimasto molto somiglian_____ ____ di un e_____ _____ gli stessi capelli lunghi, le stesse lungh_____ _____ ap_____ _____ _____rdo era cambiato, diventando vacuo, pers_____ _____ _____ di _____ lago di sangue.

Quella era _____ _____ _____ c_____ _____ _____ visto. Poi, come era suc_____ _____ _____ un _____io _____ _____ e la mutazione si era com_____ _____ e per_____ _____

«Eccellente _____ _____ ignato Adar_____ _____ ____ la propria opera _____

Lo sgu_____ _____ _____ u di l_____ creazione.

«Vi _____ trasformazi_____ effetto. C_____ di riu_____ allo_____

_____dagatori si libra_____ _____ di loro.

«Mi spiego meglio: quando questi esemplari vengono colpiti dai raggi solari, vengono istantaneamente tramutati in pietra. Appena tornano le tenebre, riprendono il loro aspetto originario. Capite bene, quindi, che non siano in grado di difendersi durante il giorno. È bene perciò che siano sempre nascosti nelle ore diurne e che delle guardie siano costantemente messe a loro presidio. Cercate di tenerlo sempre bene a mente perché essi, come spero avrete presto occasione di rendervene conto in battaglia, sono di gran lunga più forti rispetto agli altri. È quindi fondamentale che non cadano nelle mani del nemico».

Il silenzio calò tra i presenti, interrotto solo da qualche tuono che squarciava il cielo in lontananza. Poi Adares dette le ultime indicazioni ai suoi generali, prima che un cenno di fedeltà, effettuato portando la mano destra all'altezza del cuore e pronunciando «Ai vostri ordini!», venisse effettuato contemporaneamente dai suoi uomini.

Ognuno di loro radunò la parte di soldati che gli spettava, pronto a dirigersi nella rispettiva zona di competenza.

Iniziarono a marciare e la terra tremò sotto i loro piedi, un boato che rispondeva ai tuoni che squarciavano il cielo. Nel gelido abbraccio di una notte invernale, una colonna impressionante di creature mostruose emergeva, delineata contro la volta scura e minacciosa di Oblivium. Una nuova minaccia si profilava all'orizzonte.

Erano passati venti giorni da quando Astral era arrivata a Collex e le sue ricerche non avevano ancora dato i frutti sperati. Ogni respiro si trasformava in una nuvola di vapore, mentre il freddo invernale mordeva la sua pelle, lasciandola congelare fino alle ossa. Il villaggio, coperto da uno strato di neve, sembrava un luogo dimenticato dalla calda carezza del sole. Le notti le passava in qualche ostello nella speranza che l'indomani le avrebbe portato speranze e novità; novità che invece tardavano ad arrivare, speranze che si assottigliavano sempre più.

Conosceva ormai a menadito quel villaggio, ma di quel fantomatico uomo neanche l'ombra. Ovunque si girasse non vedeva che persone a cui avesse già chiesto informazioni, sempre con lo stesso esito… «non lo so…», «non ho idea…», «provi nella locanda qui di fronte…». La frustrazione si insinuava dentro di lei come un veleno gelido, la preoccupazione cresceva ogni giorno.

«Forse non è il posto giusto» pensò fra sé. Quel villaggio era abbastanza grande, è vero. Ma il tempo in cui vi era rimasta era sufficiente a trovarlo, se fosse stato lì. O forse no; però la paura di starvi solo per perdere tempo prezioso con il passare dei giorni si faceva sempre più grande e le speranze di trovarlo in quel villaggio erano sempre di meno. Sì, aveva preso la sua decisione: avrebbe

passato l'ultima sera in quel borgo. L'indomani mattina il sole l'avrebbe vista di nuovo avanzare verso occidente.

Era il suo ultimo giorno di ricerche a Collex e non voleva lasciare nulla di incompiuto. Continuò le sue indagini come fosse il primo giorno, se possibile anche con più determinazione. Quando avrebbe cavalcato su Mapet lontano da lì, avrebbe voluto avere la consapevolezza di non aver lasciato nulla di intentato. Viaggiò per l'ennesima volta di locanda in locanda; scrutava ogni persona, volti che aveva visto mille e più volte; continuava a chiedere informazioni, qualsiasi indizio... la giornata scorreva veloce, sembrava quasi volarle: forse perché in quelle giornate invernali le poche fiamme di drago illuminate dal sole le facevano sembrare ancor più corte; o forse, più semplicemente, perché quando cerchi una cosa così disperatamente fino a quando non l'hai trovata il tempo perde ogni connotazione, sfugge al tuo controllo perdendosi nelle sfumature dei giorni passati.

Si trovò così a vagare senza meta, quando un vigoroso tuono riecheggiò nell'aria. Pochi soffi di drago dopo, un pesante temporale si scatenò sopra il villaggio. La pioggia cadeva pesantemente, sciogliendo la neve e inzuppando le vesti di Astral. Camminava sotto l'acqua, sembrava non farci caso. Lo sguardo basso si sfuocava sulle gocce che, colandole dai capelli, cadevano lentamente a terra. Il tempo, all'improvviso, sembrava essersi fermato; il mondo procedeva a rallentatore e facce di noti sconosciuti si intrecciavano davanti a lei. I suoi occhi si incrociarono per alcuni, interminabili attimi con quelli di un uomo con cui si ricordava aver parlato qualche sera prima. I suoi boccoli dorati che contornavano un viso rotondo erano sfatti dalla pesante pioggia, ma senz'altro si trattava di lui. Vicino, un uomo che le dava le spalle era poco più alto di lui.

«Sto cercando un uomo... alto, lunghi capelli castani, un mantello legato al collo da una gemma...» i pensieri le si accavallarono in testa. L'uomo aveva sorriso, quasi stupito di quella domanda; forse divertito... per un attimo Astral aveva pensato che lo conoscesse, che dopo tanti sforzi avesse portato a termine la sua missione. Ma così come si era accesa, la fiammella di speranza si era subito spenta. L'uomo aveva sollevato le sopracciglia, uno strano sorriso aveva giocato sulle sue labbra mentre rispondeva: *«Mi dispiace, credo di non potervi essere utile...»* Il suo sguardo, però, trasmetteva qualcosa di più profondo, qualcosa che sfuggiva alla comprensione di Astral.

I due si incamminarono dentro una locanda a poche braccia da lei. Lo sconosciuto, avvolto in un misterioso alone, scivolò nella locanda come un'ombra. Il suo sguardo incontrò quello di Astral, e per un attimo, nel silenzio prima del temporale, sembrava che il destino avesse un piano in serbo per entrambi. Avrebbe voluto starsene lì sotto la pioggia, quasi potesse lavare via l'angoscia che la stava avvolgendo e farle respirare una pulita aria di serenità. Senza sapere perché, entrò anche lei in quella locanda. Il vociar delle persone era un sordo rumore che faceva da sfondo al suo ingresso. Aveva perso la cognizione del tempo ma, a giudicar dal numero delle persone, doveva essere sera inoltrata. In quei giorni aveva avuto modo di imparare le abitudini degli abitanti di quel villaggio, sapeva che solo dopo qualche fiamma di drago dal pasto serale si ritrovavano nelle varie locande.

Raggiunse un piccolo tavolo rimasto stranamente vuoto al centro della stanza e si sedette su una sedia scricchiolante. Le mani sorreggevano una testa che le sembrava pesare una tonnellata; le gocce continuavano a caderle dai capelli, ticchettando ritmicamente sul tavolo. I suoi pensieri vennero bruscamente interrotti dalla squillante voce di una giovane oste.

«Desiderate?».

«Io… veramente… niente. Sono entrata solo per ripararmi dalla pioggia».

«Mi dispiace ma questa è una taverna, non un ostello. Se cercate un posto per riparavi devo informarvi che non siete nel posto giusto. Vi prego di andarvene» sibilò acidamente.

Prima che potesse alzarsi, però, una voce sopraggiunse alle sue spalle.

«La signorina è con me».

Mentre l'oste si girava indignata, lo sconosciuto prese posto vicino ad Astral. Quello sconosciuto che le sembrava di conoscere da tutta la vita.

CAPITOLI

\-   Prologo
1   L'Inizio del Viaggio
2   Il Passato di Lysander
3   Il Palazzo di Re Galtran
4   Lo Stregone e la Setta Segreta
5   La Battaglia di Ignis
6   L'Incontro
7   Il Consiglio Supremo
8   Il Mercenario
9   Il Canto delle Sirene
10   La Rivelazione di Yago
11   Il Primo Incarico Non si Scorda Mai
12   Il Simbolo Tradito
13   L'Incontro con il Maestro
14   Il Viaggio di Lert
15   Magia e Sangue
16   L'Ascesa di Aron
17   Le Promesse dell'Oceano
18   Incammino alla Sommità
19   Il Ritorno di Lert
20   Turchese
21   L'Addio
22   La Fine di Lert
23   La Lettera
24   La Missione di Astral
25   L'Inizio della Ricerca di Astral
26   Adares e la Pietra dell'Oscurità
27   Brisilide
28   Lysander e Astral
29   Il Viale dei Ricordi
30   La Caduta di Tonitrus
31   L'Ultima Profezia di Brisilide
32   Acqua e Fuoco
33   L'Ultimo Sorriso
34   I Prigionieri di Adares
35   Il Grande Fiume
36   I Feralith
37   Alla Ricerca di Lysander
38   I Fenrir

39   Le Strade di Collex

40   Gli Upir

41   Astral e Lysander

Printed in Great Britain
by Amazon

37766003R00106